明文堂編輯部　校閲

增訂
註解 五言唐音 全

明文堂

途　宋之問
　食中寒

馬上逢寒食
途中屬暮春
可憐江浦望
不見洛橋人

寒食은自冬至로一百五日之佳節也오暮春은三月也라自洛城으로
乘馬下鄉ᄒ야適値寒食ᄒ니乃三月之候也라此時에思家之懷가尤
切故로乃於江浦에遙遠望之則不見洛橋之人ᄒ야是以悵歎之不已
也러라

別　杜審言
　　言審

臥病人事絶
嗟君萬里行
河橋不相送
江樹遠含情

審言이가作萬里之行ᄒ야固當送別于河橋之外로딕臥在病席ᄒ야
未得送君則怊悵中에怊悵이百倍於病中ᄒ야不可堪抑이오只是江
邊之樹가知我兩人之懷緒ᄒ야能含情而繫之以別離戀々之衷ᄒ니

其悲愴悽切이讀之流涕로다

早發韶州

綠樹秦京道
青雲洛水橋
故園長在目
魂去不須招

韶州의셔發行時에西望호則綠樹重々者는秦京之道오東瞻호則青雲依々者는洛陽之橋也ㅣ로다生長故園이依俙在于眼界호야夜則感爲之夢호야神魂이飄揚往來於故園이나然이나不如身歸호야歡之深호며悲之切이로다

渡漢江

嶺外音書斷
經冬復歷春
近鄉情更怯
不敢問來人

之間이張易之를交通호을坐罪호야龍州參軍으로貶移호야洛陽으로逃歸故로其在嶺外時에經年隔歲호야音書가斷絕也ㅣ라及逃歸에己近鄉里호야中情抱怯호야見來人호고不敢問호니盖憂思交集之時에轉多疑畏耳라更怯에更字가妙호지라今人이久客還鄉호야臨到家호야心中恍惚을覺호니亦復如此ㅣ니라

昭君怨　東方虬

漢道方全盛　朝廷足武臣
何須薄命妾　辛苦事和親

昭君怨者ᄂᆞᆫ 去漢歸胡之當時에 怨恨이 胸中者也ㅣ러니 唐文章이 追述其事ᄒᆞ야 傳於世ᄒᆞ니라 昭君이 嘆息言漢國이 方當全盛之時ᄒᆞ야 弓馬之武臣이 衆多ᄒᆞ니 征伐之ㅣ可也ㅣ어늘 何必一箇妾身으로 爲和親之餌耶아ᄒᆞ니 其悲傷歎息이 至於此極也ㅣ로다

其二

昭君拂玉鞍　上馬啼紅頰
今日漢宮人　明朝胡地妾

昭君이 拂玉鞍而上馬之時에 珠淚ㅣ縱橫交流於兩頰ᄒᆞ고 自嘆言今日은 在於漢宮則謂之漢宮人이오 明朝는 往于胡地則謂之胡地妾이라ᄒᆞ니 其願漢厭胡之心曲이 固結不解ᄒᆞ야 使後人으로 讀其詩면 宛然聞其語音也ㅣ로다

其三

掩淚辭丹鳳
單于浪驚喜
含悲向白龍
無復舊時容

昭君이掩面落淚ᄒ야一別漢之丹鳳闕ᄒ고割腸傷悲ᄒ야方向胡之
白龍堆ᄒ니故國之思와異域之愁ㅣ當何如哉아容貌憔悴ᄒ고姿色
枯凋ᄒ니蠢彼單于ㅣ得其漢國之美色ᄒ야雖甚驚喜나然이나今日
에至ᄒ야舊顏을不可復見也라

其四

萬里邊城遠
舉頭惟見日
千山行路難
何處是長安

邊城이距漢에爲萬里之遠ᄒ고行路ㅣ入胡에爲千山之阻ᄒ니去國
之恨이去益深焉ᄒ고滿目蕭瑟이無非胡風이라舉頭見在天之日ᄒ
고自歎息ᄒ되漢之長安이在於何處乎아ᄒ니身雖在塞外나心不忘
漢國也로다

其五

胡地無花草
自然衣帶緩
春來不似春
非是爲腰身

增訂註解五言唐音

五

蟬 맴미　綏 유 들림

胡地는乃北方極寒之地故로黃沙白草黑山飛雪而已라春序는雖云
來到ㅣ나無草木之花ㅎ야頓不知春色ㅎ니昭君이於此時에故國山
川이依俙乎眼ㅎ고故國之花鳥ㅣ徘徊乎心ㅎ니情緒悲傷을可知라
一身이瘦瘠ㅎ야衣之帶가自然寬緩ㅎ則不爲其腰身而如是也ㅣ라
ㅎ니此亦恨之切이며怨之深이라

賀知章
題 袁氏 別業

主人不相識
偶坐爲林泉
莫謾愁沽酒
囊中自有錢

非正居爲別業이니如園林書院之類라此春遊閒玩之作이니言觀林
泉之佳趣ㅣ偶來坐此ㅎ야初不識主人之面이라主人은不愁無錢沽
酒ㅎ라我自有錢以沽也ㅣ라知章의字는季眞이니四明人이라武后
時에爲學士ㅣ라

虞世南
蟬

垂緌飲淸露
流響出踈桐
居高聲自遠
非是藉秋風

蟬者는以虫化生ᄒ야脫殼林端ᄒ야六德이有ᄒ고無口而以脇下皷動作聲ᄒ며其飲은葉上之露오其居는樹間之風이라世南이咏蟬之時에見垂其緌ᄒ고飲其清露ᄒ며鳴時에流出之響이出於踈澗梧桐之枝ᄒ야其聲이遠聞ᄒ니非是憑藉悠揚於秋風之中이라任其天機ᄒ야自然大而遠者也ㅣ라引而比之ᄒ야此亦無求於人之清操歟아

過酒家

王績

此日長昏飲　眼看人盡醉
非關養性靈　何忍獨爲醒

此日은是隋末衰亂之日也ㅣ라昏於飲ᄒ야己不堪矣온何況長乎아正以其在此日也ㅣ라人性이最靈이어늘酒能昏之ᄒ야既不能養性靈ᄒ니又曷爲耽之오其緣故는在下二句ᄒ니用非關二字吸起라屈原曰衆人이皆醉我獨醒이어늘此는卻翻案曰不忍獨醒이라ᄒ니非苟同于俗也ㅣ라盖逃于酒ᄒ야以避亂而得全其身耳니此는玩世不恭之詞也ㅣ라傷世憂時之歎을無處消融ᄒ야寓之酒而忘之心者耳라

李義府

詠烏

日裏颺朝彩　上林多少樹
琴中伴夜啼　不借一枝棲

烏者는雖稱惡聲之鳥ㅣ나素有反哺之性ᄒᆞ야謂之孝鳥이라日裏에
有鳥故로颺射朝陽之光彩ᄒᆞ고琴中에有鳥夜啼曲故로謂之伴이라
上林苑中에樹木最多어ᄂᆞᆯ不能棲於一枝之安ᄒᆞ니嘆之之詞也ㅣ라
此亦引而比之ᄒᆞ야自歎不遇時者也ㅣ라

賦美人

鏤月成歌扇　自憐回雪影
裁雲作舞衣　好取洛川歸

彼美人이眉目之淸秀와色態之佳麗가可謂傾城之絕色이오歌時에
所執之扇은團圓이若鏤刻明月ᄒᆞ고舞時에所着之衣는輕薄이若裁
成白雲ᄒᆞ니此는歌舞時에服飾之盛也ㅣ라回雪影을自憐ᄒᆞ야洛川
을好取ᄒᆞ야歸ᄒᆞ니義府가美人을賦ᄒᆞᆯ새先言歌扇舞衣ᄒᆞ고後言
憐雪影歸洛川之意라

楊師道

中書寓直詠雨

雲暗蒼龍闕
窓臨鳳凰沼
沉沉殊未開
颯颯雨聲來

中書直中에適値雨下ᄒᆞ야乃吟時景ᄒᆞ시油然之雲이暗黑蒼龍之闕ᄒᆞ야沉沉未開ᄒᆞ고直舍之窓이近臨於鳳凰之沼故로颯颯之雨聲이不絕ᄒᆞ니二句가雨中之景을善形容者也로다

王勃

江亭月夜送別

江送巴南水
山橫塞北雲
津亭秋夜月
誰見泣離羣

巴江은源出大巴山ᄒᆞ니江水ㅣ從此而來ᄒᆞ야是送也ㅣ라遠山橫雲이凄然慘淡ᄒᆞ야如塞北者然ᄒᆞ니俯仰江水에先欲消魂矣라津은渡水之處오亭은送別之亭이라又當秋夜月明ᄒᆞ니字字哀苦로다趙文韶ㅣ見秋夜嘉月ᄒᆞ고悵然思歸러니今乃送人遠別ᄒᆞ야月下秋宵에相對掩泣ᄒᆞ야有離群索居之慘ᄒᆞ니此時此夜에有萬種難爲情處ㅣ니除此中天明月을誰復見之리오津亭上에秋月明ᄒᆞ며秋風淸ᄒᆞ야悽凉蕭瑟ᄒᆞ야心懷感傷이온況又有別離之情乎아

又

亂烟籠碧砌　飛月向南端

江上이遼闊故로有亂烟ᄒᆞ고津亭이秋來故로曰碧砌ㅣ라南端은室之正南門戶也ㅣ라月色이向此ᄒᆞ니正見之久ㅣ라夫至於月轉烟斜ᄒᆞ야悄然寒夜則離亭이寂寞而空掩矣라秋夜江水가本屬寒冷이어늘又兼此夜之離情哀苦ᄒᆞ니倍添寒色也라

寂寂離亭掩　江山此夜寒

○散亂之烟氣ᄂᆞᆫ碧砌之上에籠繞ᄒᆞ고飛去之月色은南窓之端에斜向ᄒᆞ니此時에相送罷ᄒᆞ니亭은門已掩而寂々ᄒᆞ고江山은牽引別離之情而尤寒이라

臨江

汎汎東流水　飛飛北上塵

歸驂將別棹　俱是倦遊人

臨江而觀之則汎汎之水ᄂᆞᆫ東流而不回ᄒᆞ고飛飛之塵은北上而相離ᄒᆞ니此ᄂᆞᆫ臨江之現在景象也ㅣ라歸驂이別棹를將ᄒᆞ니我輩가俱是遊人之周遊逍遙者也로다

山中

長江悲已滯
萬里念將歸
況屬高秋晚
山山黃葉飛

積久爲客ᄒ야留在山中ᄒ야回思旣往之事ᄒ고又念方今之勢則長江舟檝에滯留를悲ᄒ며萬里道路에歸去를念ᄒ니辛苦悽愴을不可堪抑이어늘況又深秋之時에黃葉이蕭蕭ᄒ야亂飛山山ᄒ니情何可禁乎아

贈李十四

亂竹開三徑
飛花滿四隣
從來楊子宅
別有尚玄人

此는李十四가幽居之景也ㅣ라叢竹亂篁이圍繞周密之中에三條之捷徑이開通ᄒ고飛花가一片東ᄒ고一片西ᄒ야繽紛遍滿於四隣之家ᄒ니花竹之景이怡然可觀이라從來揚雄之宅에別有尚玄談之人이라ᄒ니以此로稱其李十四之意也ㅣ라

普安建陰題壁

江漢深無極
梁岷不可攀
山川雲霧裏
遊子幾時還

江之永ᄒᆞ고漢之廣ᄒᆞ야其深을不可測이오梁之高ᄒᆞ고岷之崇ᄒᆞ야
其勢를不可攀ᄒᆞ니江漢이浩蕩ᄒᆞ고梁岷이嵯峨ᄒᆞ야江山之勝을無
以枚陳矣라雲霧가晦暝ᄒᆞᆫ中에遊子騷人이幾時還於此地乎아余乃
遊覽ᄒᆞ고詩以記之ᄒᆞ야題其壁云耳이라

盧照鄰

登玉清

絕頂橫臨日　徘徊拜眞老
孤峯半向天　萬里見風烟

登臨玉清觀則削立之絕頂은橫斜ᄒᆞ야俯臨白日之上ᄒᆞ고聳出之孤
峰은一半이落向青天之外ᄒᆞ니山之高峻을可見이라入其觀ᄒᆞ야修
道之眞老를拜而見之ᄒᆞ니萬里之外에但見風烟之籔空而已라

曲池荷

浮香繞曲岸　常恐秋風早
圓影覆華池　飄零君不知

池曲故로岸亦曲而荷香浮來繞之라荷圓故로影亦圓而覆于華池之上
ᄒᆞ니此以荷之芳潔로自比也ㅣ라荷ᄂᆞᆫ宜于夏ᄒᆞ고不宜秋風故로常

恐其早到而致荷之零落也라上句常恐二字가包此句在內ᄒ니荷ᅵ
受秋風飄零ᄒ야不爲人知가如人이負異才ᄒ고流落不偶ᄒ니夫豈
有人知之者ᅵ리오盧照隣이當武后時ᄒ야悲不見用故로以此詩로
寓意러니其後에果以惡疾로投穎水而死ᄒ니詩爲之讖與아

浴浪鳥

獨舞依盤石　奮迅碧沙前
群飛動輕浪　長懷白雲上

浴浪之鳥가獨自舞時에ᄂ依立乎盤石之上ᄒ고成群飛處에ᄂ作動
乎輕細之浪或碧沙之前에奮飛踴躍ᄒ고身雖在於水中이나其滿腹
之志가長在白雲之間ᄒ니此鳥ᄂ必不與凡鳥로同類也로다此亦寓
意歟아

駱賓王　在軍登城樓

城上風威冷　戎衣何日定
江中水氣寒　歌舞入長安

從軍之卒이登城樓則城上은風冷ᄒ고江中은水寒ᄒ야寒冷之氣가

感傷人情호야去國之愁와思家之懷ㅣ不可堪抑이라嘆息言호디敵兵之陣을衝突擊破호고戰戈橐弓호야旌旗翻揚호며口以歌호고手以舞호야入長安而奏凱乎아乃異域風霜에悽愴이切至호야何日에定호고班還京師耶아호니末乃願禱之詞也라

易水送別

此地別燕丹　壯士髮衝冠
昔時人已沒　今日水猶寒

此地는易水之上也ㅣ라荊軻ㅣ西刺秦王을새燕太子丹이送至易水上而軻ㅣ別之라荊軻ㅣ急太子之難호야怒髮이激髮而上衝冠也ㅣ라昔時에易水上에燕丹과高漸離及白衣冠客이送軻者ㅣ皆慷慨垂淚러니今에安在哉ㅣ오今日에復于此에送別호니風蕭蕭兮易水寒이라라猶如昔日也ㅣ라賓王이盖有慕于荊軻而爲之感慨如此ㅣ라○易水之上에送別人情이追憶荊卿之當年호야因感今日之怊悵호니讀之에令人悲傷이로다

玩初月

忌滿光恒缺　乘昏影暫流
自能明似鏡　何用曲如鉤

此는愛玩初月而詠也ㅣ라滿則虧를恒忌之하야輪殼이缺半을好之
하고乘黃昏之時하야夜片影이暫禧於西天하며且光明之輝는自能似
鏡이오屈曲之形은何用如鈎乎아此는摹出纖々之初月也로다

夜送趙縱　楊烱

趙氏連城璧　由來天下傳

趙惠文王이得和氏璧하야秦昭王이願以十五城으로易之하니是는
和氏璧을天下ㅣ所共傳以爲寶也ㅣ라因以此趙縱之名이傳天下也
ㅣ오今日에送君回還舊府ㅣ亦如藺相如不與秦璧而完趙也ㅣ라月
色이暎川하야光輝潔白하니君還舊府에聲光四達이亦此體也ㅣ라
○此는援古事而比今時耳라

送君歸舊府　明月滿前川

贈喬侍御　陳子昂

漢庭榮巧宦　雲閣薄邊功

可憐驄馬使　白首爲誰雄

漢桓典이爲御史ᄒᆞ야有感名ᄒᆞ야人이稱爲騘馬御史ㅣ以直道而不見用也ㅣ라漢朝廷은猶本朝也ㅣ라巧宦은不以正ᄋᆞ로得官ᄒᆞ고賄賂權要而遷職也ㅣ오雲閣은猶言雲臺麟閣이니指邊疆武臣也ㅣ라力戰禦邊이反不蒙賞ᄒᆞ고公侯之位도亦巧宦者ㅣ居之ᄒᆞ니是ᄂᆞᆫ文武ㅣ皆不以正也ㅣ라子爲御史ᄒᆞ야自壯至老而不陞遷ᄒᆞ니直言不用ᄒᆞ야白首立朝ᄒᆞ야一片雄心이爲誰而效乎아○陳子昂의字ᄂᆞᆫ伯玉이니蜀人이오官左拾遺ㅣ라初唐

獄中燕　沈佺期

拾葢嫌叢棘
銜泥恤死灰
不如黃雀語
能雪冶長猜

獄中之燕이拾其葢而嫌叢棘之刺ᄒᆞ고銜其泥而恒恤死灰之入이라昔에公冶長이在於縲絏之時에黃雀이語其寃ᄒᆞ야能雪其猜ᄒᆞ니今에彼燕은雖在獄이나必如黃雀也ㅣ로다

江濱梅　王適

忽見寒梅樹
開花漢水濱
不知春色早
疑是弄珠人

流　라양는이귀

梅는且向百花頭上開라ᄒ고一花開後百花開라ᄒ니早發을從此可知라今於漢水之濱에冒寒方開ᄒ니不知梅花之春色이早至ᄒ고弄珠之人이立于漢濱인가心疑之더니近而看之ᄒ니踈影橫斜於水底ᄒ고暗香浮動於風前ᄒ야令人으로可愛可賞이로다

韋承慶

南行別弟

澹澹長江水
悠悠遠客情
落花相與恨
到地一無聲

江流之長이如客去之遠이라澹澹은無味也오悠悠ᄂ無盡也라以江水로興起客情이라此時에承慶이坐易之黨ᄒ야南流嶺表ᄒ야從長江中過故로云然此恨字ᄂ從客情中來ᄒ니花之飄落이似人之飄流ᄒ야花恨人亦恨故로曰相與恨이라花落地何曾有聲이리오人有恨ᄒ야不可告訴故로與落花로一般ᄒ야無有二也라澹々之江水ᄂ如彼ᄒ고悠悠之客情이如此ᄒ야所以寓悶隘悲歎之心也오又彼花之落이到地無聲이與我無處告訴로同其恨ᄒ야兄弟分離之情境이果何如哉아

詠鴈

萬里人南去
三春鴈北飛
不知何歲月
得與爾同歸

承慶이南流嶺外之時에見鴈而咏曰行人은南으로萬里他鄉을去호거늘歸鴈은三春에得意호야北으로飛호니可以人而不如鴈乎아不知게라何歲何月에與爾로青春作伴호야同歸乎北耶아此는悲切之辭也라心逐南雲逝오身隨北鴈來者는此人家鄉이在於北而向于南故로如是寓懷者也오人情已厭南中苦어늘鴻鴈那從北地來者는此人의故鄉이在於北地而爲客苦於南中故로如是則各指其所居方이라

七歲女子
送兄

離亭葉正飛
別路雲初起
所嗟人異鴈
不作一行歸

此는七歲女子送兄之詩也라峽路에初起之雲은如別恨之藹鬱호고山亭에亂飛之葉은如離情之凄凉이라嗟乎라彼鴈은二行이橫斜雲

端而同歸어늘奈何로我는兄弟分離で야與鴈之不如乎아七歲女子
로屬文精妙で고寫情切緊で니可謂罕有女子也로다

許敬宗 於長安歸楊州九日賦

江令

心逐南雲逝　故鄕籬下菊
身隨北鴈來　今日幾花開

此는九日思家之詩也라自長安으로歸楊州則長安은在北で고楊州
는在南で야北則故鄕이오南則他鄕이니豈無別恨乎아行路에心逐
南雲則雲隨南風而北逝で고身隨北鴈則鴈逢重陽而南歸で니心身
이相異者는情懷之所使也라遙想컨디故鄕籬下之菊이今日九日에
幾花開而吐香乎아此는客中思家之深而至於菊花で야도未得愛賞
で야歎之詞也라

李嶠

中秋月

盈缺靑冥外　何人種丹桂
東風萬古吹　不長出輪枝

中秋는八月也니潦盡潭淸で고玉宇崢嶸で야秋月이揚明輝宮時라

靑冥은天
也ー라

圓魄은指月也　寒空은天也

月이盈則缺ᄒ고缺則盈ᄒ야九萬里靑天之外에習習東風이萬古吹
不盡이라丹桂를何世何人이種于月輪ᄒ야桂枝가不長ᄒ야不出於
月輪之外乎아月은乃太陰之精이니受日光而成白者也라月中丹桂
之說은詩人이轉相傳之오未能知其的否也로다

圓魄上寒空
皆言四海同
安知千里外
不有雨兼風

中秋明月이升于東天ᄒ니翫月之人이皆言曰今夜之月이四海之內
에均同無異ᄒ고又言千里之外에必也或風或雨ᄒ야陰晴不同則今
夜明月이一如此地를安可知乎아

又

郭振

子夜春歌

陌頭楊柳枝
已被春風吹
妾心正斷絶
君懷那得知

此는征婦之詞也ㅣ라言別離已久에感物悲傷이온況乎春日景物乎
아陌頭楊柳를忽然見之ᄒ니靑靑嫋嫋乎春風之中ᄒ니妾心之懷愴

秋朝覽鏡　薛稷

客心驚落木　朝日看容鬓
夜坐聽秋風　生涯在鏡中

이腸曲이欲斷ᄒᆞ니君懷도亦如此否아未可知也로다

客心이多憂ᄒᆞ야無所感觸이라도猶可어늘乃一聞落木而驚ᄒᆞ야遲暮之歎이一時激發矣라自此一驚ᄒᆞ야便于夜中에起坐而聽ᄒᆞ니乃知能落木者는秋風也ㅣ라秋風이無情ᄒᆞ야眞令人으로愁殺로다夜坐懷愁ᄒᆞ야容鬓이必改故로于明晨에從鏡中ᄒᆞ야一看之라從鏡中ᄒᆞ야見容鬓之己衰ᄒᆞ니乃不覺歎我生涯之有盡ᄒᆞ야明鏡霜毫ㅣ此其證矣라

詠黃鶯兒　鄭愔

欲囀聲猶澁　高風不借便
將飛羽未調　何處得遷喬

此ᄂᆞᆫ見鶯而吟咏之調也ㅣ라彼鶯이欲囀則聲音이猶多濇澁ᄒᆞ고將

飛則羽翼이未能和調호니此或失其時而然歟아高風이便을不借給
호니從何處호야遷于喬木乎아以黃鳥之失時로引譬自歎之詞也ㅣ
라

南望樓　　盧僎

去國三巴遠
登樓萬里春

此는登樓遠望之時也ㅣ라去國則三巴가何其遠乎며登樓則萬里에都
是春乎ㅣ며萬里之春光이盡入乎眼界호니客懷悲感이烏可已耶아

傷心江上客
不是故鄉人

傷心哉라江上行客이不是故鄉之人이오盡是他鄉之客이니尤益感
傷호야不可堪抑者耳라

途中口號

抱玉三朝楚
懷書十上秦

抱玉懷書는援引古事호야以譬之也ㅣ라以此로寓於不得意之狀而年
年洛陽陌上에花鳥戲弄歸人호니歎之之甚而發諸詩耳라

年年洛陽陌
花鳥弄歸人

奉
和元日　　武平一
賜群臣
栢葉

綠葉迎春綠　　願持栢葉壽
寒枝歷歲寒　　長奉萬年歡

此는慶進之詩也라元日에賜群臣以栢葉이어눌葉之綠者는迎春氣
而愈綠호고枝之寒者는歷歲色而猶寒호니此눈言栢之節操能耐氷
雪者也오栢葉의壽를願持호야萬年歡을長奉이라흠은祝君之詞也
라

奉
喜　　　崔湜
入長
安

雲日能催曉　　風光不借年
賴逢征路盡　　歸在落花前

湜이入長安之路에見雲間之朝旭이忽升于東天호니能催曉色호야
昧爽之時에寒涼之氣와蒼茫之色을可翫이오自歎風光이催促호야
歲月如流호니浮生이幾何오現今征伐之行이停止호야昇平을可占
호고歸長安이在於百花爭發之時호니豈不喜乎아此는志喜之詞也
라

蘇頲

山鷓鴣詞

人坐青樓晚　愁多人自老
鶯語百花時　腸斷君不知

山鷓鴣詞는 非吟鷓鴣者는 何也오 歌詞之名稱也라 青樓暮色이 可愛
而人坐其上호고 百花爛發之時에 黃鳥가 得意而轉호니 當此時호야
人多緣愁而老호고 曲曲寸腸이 幾乎欲斷而君必不知矣리니 未知何
處에 消盡玆恨耶아

張說

蜀道後期

客心爭日月　秋風不相待
來往預期程　先至洛陽城

燕公이 與友自蜀而歸호야 間道相期호야 同入東都홀시 公이 有事호
야 失期而此人이 先歸故로 贈以詩也라 言爲客之歸欲早호야 雖先歸
一日이나 亦以爲快라 是以로 與子訂期호야 携手同入于洛이러니 不
意에 秋風이 趁子之便호야 不待我而己 先入洛則我之後期를 可知也

라○張說의字는道濟니洛陽人이라相立宗ᄒ야與蘇頤으로俱有文
名掌期延制誥著作ᄒ니人稱燕許大手筆이라

守歲

故歲今宵盡　愁心隨斗柄
新年明旦來　東北望春回

此는除夕之詩也라此夕에達夜를謂之守歲라故歲之三百六十日이
己盡於今夜ᄒ고新年之三百六十日은始來於明早ᄒ니此는新舊交
換之夜也라寒隨一夜去ᄒ고春逐五更來ᄒ야斗柄이漸指於東方故
로人之滿腹愁心이亦隨之而已라

自君之出矣　張九齡

自君之出矣　思君如滿月
不復理殘機　夜夜減清輝

自字前에先有一層景況ᄒ고自從君一出로卻便已矣라君未出時에
日勤機織ᄒ야常于月夜에理日間未盡之殘機러니今不復能矣라盖
以思君念切로沒心緒去料理女工也라上句正爲思字作引故로直接

照鏡

思君二字라如字冒下七字 니思君이到十分去處에便如滿月到十
分然이나月滿必虧 고人愁必瘦 야月既滿에一夜一夜에漸減其
清輝 니便照見妾之清輝也오日漸消減而妾之思君이終無了日
니不因清輝漸減而不思也라此以閨情 로比臣子之思君이亦猶是
耳라

宿昔青雲志　誰知明鏡裏
蹉跎白髮年　形影自相憐

此 對鏡自歎之詞也라居今思古컨디宿昔에 有志於青雲而只以
功名 로爲主러니今則志氣頹敗 고形容衰枯 야居然爲一老翁
 니萬事已矣勿論 고白髮垂於兩鬢 야更不得少年時 니將奈
何오明鏡中에形影이相憐을其誰知之乎아悲切之甚者也라

孫逖

同
洛陽李少府觀永樂公主入番

邊地鶯花少　美人天上落
年年未覺新　龍塞始應春

龍塞는龍荒邊塞之地라○唐凡以宗女로出嫁外蕃에例封公主라遂
이見之하고有感而作하니言邊地苦寒하야鶯燕이不生하고春花罕
發하야雖遇新年而未見春光之麗라今公主自京而來如從天降하니
應使邊塞遐荒之地로始知春色矣라하니蓋傷之而反善之也라○遂
은傳州人이니中書舍人이라○盛唐

靜夜思　李白

牀前看月光　舉頭望明月
疑是地上霜　低頭思故鄉

此는全寫月光하니光白如霜하야于牀前에見之하니客中靜夜疑是
天曉矣라先是에無心中에見月光하야尙未舉頭也러니因疑有望하
야遂舉頭而有見明月이高如許하고方省是身이在他鄉也라此句는
方寫月字라因望而有思하고惟思故로低頭하야他鄉에此月이오故
鄉에도亦此月하야靜夜思之에眞有情不自禁者라○此詩는如不此
經意而得之自然故로群服其神妙라他本에作明月光하니看字誤하
니如用看字則望字가有何力이리오

相逢行

相逢紅塵內　高揖黃金鞭　君家阿那邊　萬戶垂楊裏

此는俠客遊子相逢于紅塵之中ᄒᆞ야黃金之鞭을高舉俯揖而問曰長安萬戶楊柳青青之中에君家在於何邊耶아揖鞭而問이此乃游俠之狀態를宛如目見이라

綠水曲

綠水明秋月　南湖採白蘋　荷花嬌欲語　愁殺蕩舟人

水月이至秋ᄒᆞ야俱極淸澈ᄒᆞ니將言泛舟ᄒᆞ야先序時景이라此設爲白蘋ᄒᆞ야以寄秋意ᄒᆞ야以起下蕩舟之人이라採蘋而見荷花之嬌豔이如欲語者ᄒᆞ니如此荷花에何오花光이奪目ᄒᆞ고艶色이迷人ᄒᆞ야因轉而爲愁ᄒᆞ고且愁之甚에蓋因蕩舟人이心有所慕ᄒᆞ야情不自持ᄒᆞ니此蓋有所托也라○秋水는潦盡而益綠ᄒᆞ고秋月은塵洗而益明ᄒᆞ니清凉景色이令人感傷이온況採蘋之時에欲語荷花가含嬌而立者乎아

玉階怨

玉階生白露　却下水晶簾
夜久侵羅襪　玲瓏望秋月

宮人이望幸ㅎ야佇立玉階ㅎ야不覺夜深而白露生矣라生字有意라因羅襪之露侵而知是夜久ㅎ야于是玉階에不能佇立矣라却便入室ㅎ야而惻寒氣之侵人故로把簾放下ㅎ고只欲就睡라가却又不忍便ㅎ야倚着簾兒ㅎ고從簾隙中ㅎ야望玲瓏之月則望幸之情이猶不絕也라雖不言怨而字字是怨이라

怨情

美人捲珠簾　不知心恨誰
深坐嚬蛾眉　但見淚痕濕

此ᄂᆞᆫ悲怨之詞也라美人이不勝滿腹之怨情ㅎ야捲其珠簾ㅎ고深坐于樓中ㅎ야嚬蹙其兩箇蛾眉ㅎ더니却又悲之極而玉淚濕於兩紅頰ㅎ야痕亦이不乾ㅎ니不知케라恨其誰何而然耶아

秋浦歌

白髮三千丈　不知明鏡裏
緣愁似箇長　何處得秋霜

太白이寓池陽ᄒᆞ야有感而作也라言吾髮이因愁而白ᄒᆞ니若以莖으
로計之ᄒᆞ면應有三千餘丈而離人之愁思又比白髮猶長也而吾初時
覽鏡에髮未白也러니不知케라日照日生ᄒᆞ고日日白日多ᄒᆞ야如秋霜
蕭而草木黃落也라然而明鏡之中에安得有秋霜哉아亦愁之所使也
라

觀放白鷹

八月邊風高　胡鷹白錦毛
孤飛一片雪　百里見秋毫

此ᄂᆞᆫ觀鷹之詞也라邊塞八月에寒風이日高而胡鷹이振其白錦之毛
ᄒᆞ고飛于白雲之外ᄒᆞ니望見一片雪이飀飃于空中而秋毫見于百里
之遠ᄒᆞ야其空霄之志可謂高潔也라

憶東山

不向東山久　薔薇幾度花
白雲還自散　明月落誰家

東山은在江寧府東南ᄒᆞ니라○東山有薔薇洞ᄒᆞ니多此花라今固不
向山中己久故로問其幾度花也라山中에有雲ᄒᆞ야因無人焉ᄒᆞ야還

自消散而已라山中에有月호야今無人玩月호니不知落到誰家去也
라夫空山雲月이以無人而寥寂如此호니安得不憶이리오

敬亭山

眾鳥高飛盡　　相看兩不厭
孤雲獨去閑　　只有敬亭山

敬亭山은在宣城○此爲獨字寫照라衆鳥는喩世間名利之輩今皆得
意而去盡이라此獨字는與上盡字應이오非題中獨字也라孤雲은喩
世間高隱一流나雖與世相忘이나尚有去來之蹟이라此二句는纔是
獨字라鳥雲去眼前에並無別物이오推看著敬亭山而敬亭山이亦
以看著我호야兩相無厭호야悠然清淨호야心目이開闊於敬亭山之
外호니尚安有堪爲晤對者哉야深得獨坐之神이라

自遣

對酒不覺瞑　　醉起步溪月
落花盈我衣　　鳥還人亦稀

對酒忘懷而不覺日之已暝호니眞好自遣이라便見得在花下飲酒호
야坐之甚久故로花落盈衣然이나放懷于酒호야殊不知襟衫이受落

夏日山中 中

花也라日落而月上ᄒᆞ니人已醉矣라于是에起而步月ᄒᆞ야循溪而觀
焉ᄒᆞ니倦飛之鳥ᄂᆞᆫ既已知還ᄒᆞ고同遊之人이又復稀少ᄒᆞ고只此花
月이與酒로爲侶而我乃眞堪自遣也라

懶搖白羽扇　脫巾掛石壁
躶體青林中　露頂灑松風

時當朱夏ᄒᆞ야山中閑人이不堪炎熱ᄒᆞ야或搖白羽扇而或躶體于青
林之中ᄒᆞ듸猶不能耐ᄒᆞ야脫巾而掛于石壁上ᄒᆞ고露其頂ᄒᆞ며舉其
面ᄒᆞ고灑其松風ᄒᆞ니從此로庶幾忘暑矣니此ᄂᆞᆫ清閑意趣를可見이
로다

九日龍山飲 飲龍山

九日龍山飲　醉看風落帽
黃花笑逐臣　舞愛月留人

九月九日會飲于龍山ᄒᆞᆯ식滿山之黃花如笑逐臣이라醉中에看風落
之帽ᄒᆞ고舞時에愛月留之人이라佳節把酒可謂樂矣而風落月留亦
可以觀이오亦可以愛也로다

別東林寺僧　東林寺僧

東林送客處　笑別廬山遠
月出白猿啼　何煩過虎溪

太白이遊於東林寺라가回還日에別其僧而贈其詩曰東林寺에送客處에山月이即出에白猿이啼ᄒᆞ니豈不愴感乎아廬山之遠을笑而別之ᄒᆞ니何煩三笑而過虎溪乎아此ᄂᆞᆫ月夜相別之意也라

對雪獻從兄虞城宰　雪獻從兄虞城宰

昨夜梁園雪　庭前看玉樹
弟寒兄不知　腸斷憶連枝

此ᄂᆞᆫ從弟納詩于從兄也라從兄은宰於虞城ᄒᆞ고從弟ᄂᆞᆫ居於梁園ᄒᆞ야昨夜雪下ᄒᆞ야天氣甚寒而弟之寒苦를兄必不知矣라看庭樹之冒雪成玉ᄒᆞ니同根連枝라可以人而不如樹木乎아心腸欲斷ᄒᆞ야歎之深而思之切也로다

臨高臺　王維

相送臨高臺　日暮飛鳥還
川原杳何極　行人尙不息

此는送別之詩也라相送而臨高臺則川原이杳茫ᄒᆞ야何其極乎아此時에日已暮矣라衆鳥는高飛ᄒᆞ야投於林間ᄒᆞ되行路之人은尙不休息ᄒᆞ니此亦感歎世之奔忙度了也라

莫以今時寵　能忘舊日恩　看花滿眼淚　不共楚王言

楚文王이聞息嬀之美ᄒᆞ고欲得之ᄒᆞ야以巡方으로爲名ᄒᆞ고至息ᄒᆞ야設伏擒息侯ᄒᆞ고迫追息嬀ᄒᆞ야載以歸ᄒᆞ야息嬀生二子ᄒᆞ되終不與楚王으로說話ᄒᆞ니王이惟問之ᄒᆞ니對曰一夫人이事兩夫ᄒᆞ니縱不死守節이나何面目으로向人言語乎아ᄒᆞ고涙下不止라王維詩以記之曰莫以今時楚王之寵으로能忘舊日息侯之恩ᄒᆞ라此는戒之言也오花는息夫人名이니看花淚滿眼ᄒᆞ야不共楚王言者는此亦可謂烈貞之心也로다

班婕妤

宮殿生秋草　君王恩幸疎　那堪聞鳳吹　門外度金輿

又

惟來粧閣閉　朝下不相迎
總向春園裏　花間語笑聲

此는婕妤之怨詞也라獨居故로宮殿의塵埃堆積ᄒ고庭階에秋草蕭瑟ᄒ야令人悲感而君王之恩幸이昔則隆重이러니今則疎薄ᄒ니觸目之愁와滿腹之怨을其誰知之리오鳳管龍笙之吹聲이清亮于雲霄之外ᄒ고君王之金輿度于門外호ᄃᆡ未得拜謁ᄒ니悲憤을何可堪也리오

多見이爲常이오少見이爲惟니惟夫人皆迎媚至尊而婕妤는獨閉却粧閣ᄒ고罷朝而下ᄒ야絕不相迎ᄒ니抑何甘遠幽默이如是乎아又推婕妤之意曰我卽相迎이亦無益處오総不過向春園裏花間에多一人笑語之聲而己라ᄒ니其自甘恬退如此러라班婕妤ᄂᆞᆫ官名이오姓은班이라班婕妤得寵於君이라가失寵於君ᄒ야獨處深宮ᄒ야愁苦感歎을豈可詳述也哉아

雜詩

家住孟津河　門對孟津口
常有江南船　寄書家中否

又

雜詩云者는何也오無題譏吟之謂라家在於孟津之上故로門臨于孟津之口而萬國舟楫이湊集於前津ᄒ고又常有江南船則君之家書를寄送否耶아此人이本以孟津居人으로爲客於他鄉者也而常有江南船之往來則寄書가便易ᄒ니倘或付書于君家耶아

君自故鄉來
應知故鄉事

此는逢故鄉之友ᄒ야問家消息者也라乃言曰君이自吾故鄉而來ᄒ니也應知故鄉之事리라君之來日에吾家之窓前梅가今已開放乎아未開放乎아不可知也라此人이不問其家中消息ᄒ고何必只及於窓梅耶아此必素所愛惜故로問之者也오我爲客頗久ᄒ야節屆發梅故로爲一問耳라

來日綺窓前
寒梅着花未

送別

山中相送罷
日暮掩柴扉
春草年年綠
王孫歸不歸

此는山中送別之詩也라兩人이一留一去ᄒ야送別旣罷에山日已暮

而柴扉已掩則其寂寥悲悵之情이目不忍接이라乃歎息言호디瞻彼
路草호니草는霜雪之時에는元根盡晦라가寒退春回호면綠葉이亂
抽於舊根호야年年歲歲히循環不己로디王孫은一歸而不復歸호니
悲切悽切이令人流涕로다○黯然銷魂者는別이니而別賦一篇과陽關
二十八字並是凄凉云而此詩二十字도亦可謂凄凉也歟ㅣ더

別輞川

依遲動車馬
惆悵出松蘿
忍別青山去
其如綠水何

此는王維別輞川也라依遲는盤桓蹒跚之意오惆悵은悲歡凄愴之情이라動車馬者는初發之時오出松蘿는已發之後라輞川之山水를不能忘乎心호야惟彼青山을何忍別去乎아惟彼綠水를將如之何오此乃欲忘不忘之情也라

哭孟浩然

故人不可見
漢水日東流
借問襄陽老
江山空蔡州

此는維ㅣ感浩然之死而作也라故人을從此로不可得見則世事速迅

곽浮生存亡이이如水之東流而不復還故見漢水而感傷也라問于襄陽之老翁則答云孟浩然之死後에는蔡州之江山이空虛若無人耳라

送崔九弟往南山

城隅一分手　山中有桂花
幾日還相見　莫待花如霰

此는送別也라崔九弟往南山而城隅에分手相別홀식問之曰閱歷幾箇日而後에還復相見乎아更托之曰山中에有桂樹ᄒ니君之歸期此桂花如霰之前에即回還을是所企望者耳로다

贈穆十八

與君青眼客　不向東山去
共有白雲心　日令春草深

此는贈詩於穆十八者也라與人交接에白眼者는疎也오靑眼者는親也라與君으로靑眼者는親密之情也니兩人之心이均同無異ᄒ야去其紅塵之世ᄒ고向其白雲之山이己久而東山泉石에尚不歸去ᄒ야光陰이如流ᄒ야春草漸長에日以深翳ᄒ니可歎歸隱之行이今已晚也로다

朝耕上平田
暮耕下平田
借問問津者
寧知沮溺賢

凡田疇上平者를謂之上平田이라ᄒᆞ며下平者를謂之下平田이라ᄒᆞ고別無他意味者라朝而耕於上平田ᄒᆞ고暮而耕於下平田ᄒᆞ니艱難을亦可知矣라問津者는孔子라沮溺은長沮桀溺이라設問古之問津者寧知沮溺之賢乎아ᄒᆞ니耕稼中에必有賢人君子之類而誰能知之耶아此乃援古比今者也라

鳥鳴磵

人閒桂花落
夜靜春山空
月出驚山鳥
時鳴春磵中

人心이無事ᄒᆞ야湛然淸虛之中에見物性之自然ᄒᆞ니自開自落而已라人閒則日亦靜이온何況是夜리오夜靜에雖開處나皆空이온何況春山이息旣靜ᄒᆞ야一切皆空이리오有謂桂花落은與春字礙나然이나桂亦有四季開花者ᄒᆞ니不必以詞害意니라人閒夜靜時에萬籟俱寂ᄒᆞ더니忽然月出光射樹間ᄒᆞ야驚却棲樹之山鳥ᄒᆞ니月無心ᄒᆞ고

鳥亦無心ㅎ니只是從閑靜中ㅎ야覺得如此라夜非鳥鳴之時로ㅣ되爲
月出而驚ㅎ니天機忽動ㅎ야鳥鳴在樹ㅎ야其聲이在澗而此鳥與澗
則同在春山之中ㅎ야非從無事라人이無心中一聽에又何知是鳥鳴
春澗中也ㅣ오因鳥鳴ㅎ야遂以鳥鳴命題라

孟城坳

新家孟城口
古木餘衰柳
來者復爲誰
空悲昔人有

右丞別業이在輞川山谷中ㅎ야有孟城坳와鹿柴等處라○右丞相移
家于此라前乎我而居此者豈無池亭臺樹ㅣ오乃今에古木之餘僅有
衰柳ㅎ니是ㄴ我直爲昔人而悲矣라然이나將來之後我而居者不知
爲誰라吾安能保我身後ㅎ야不如此之古木衰柳乎아後之視今이猶
吾之視昔ㅎ니吾何必悲昔人之所有哉아新居之初에忽見衰柳ㅎ고
仍感古今之悲而吟也라

鹿柴

空山不見人
但聞人語響
返景入深林
復照青苔上

柴는去聲이니與砦로同이라○空山二字는是一詩之眼이라不見人
은是空說是有人이並無形質이라可見이라人語響은說是無이고又有
語響得聞ㅎ니此人語在山中者는非有非無ㅎ야如在虛空住라返景
은落日返照之影이林深而杳冥ㅎ니安得日光所入이리오惟返照之
光이斜照入深林內耳라青苔在地ㅎ야日光既照入林ㅎ야必及於地
故로青苔亦受照也라日復照者는意謂深林이原非照臨之地니誰知
斜陽透入이리오且復照青苔之在深林下者나然이나返景이倏忽已
過ㅎ야寂寂空林이除青苔면亦更無別物이니可不謂空山歟아

白石灘

清淺白石灘
綠蒲尚堪把
家住水東西
浣紗明月下

灘은瀨也니灘多白石故로名歟아灘之水至清至淺ㅎ고又有綠蒲之
尚堪把라灘之東西에村家가撲地而村家之女ㅣ明月夜에相與浣紗
ㅎ니洴澼之聲이山鳴谷應ㅎ야足令詩人으로搆成佳句之材料也라

竹裏館

獨坐幽篁裏
彈琴復長嘯
深林人不知
明月來相照

此詩은以獨坐二字로爲眼ᄒᆞ고幽篁은深林也라彈琴은此獨坐之事니在竹間更韻이라復長嘯ᄂᆞᆫ彈琴未已而復蹩口出聲ᄒᆞ야以敍淸嘯ᄒᆞ니此ᄂᆞᆫ獨坐之趣라深林은竹林也니以一人이坐于深林ᄒᆞ니誰復有知者리오明月이似解人意而徧來照獨坐之人ᄒᆞ야若不約而來者라獨坐人이與明月로方纔是兩故로云相照라○竹裏館者ᄂᆞᆫ館在於竹林之中故로名이라獨坐有琴嘯之樂而無人知得ᄒᆞ고無私之明月이來照于竹間則玲瓏淸爽이라

辛夷塢

木末芙蓉花　山中發紅萼
澗戶寂無人　紛紛開且落

辛夷塢ᄂᆞᆫ在於綱川山谷而與裴迪으로遊其中ᄒᆞ야賦詩爲樂也라辛夷塢者ᄂᆞᆫ偸或辛夷花多發而得名歟아未可知也라時有木芙蓉花爛熳於山中ᄒᆞ야紅萼之燦然이可愛ᄒᆞ고此花不以無人으로爲嫌ᄒᆞ고自開自落ᄒᆞ야任其天機ᄒᆞ니此亦皎潔淸高之意를可見也로다

怨辭

崔國輔

妾有羅衣裳　秦王在時作
為舞春風多　秋來不堪著

此는失寵而怨之之辭也라秦王在時에妾之羅衣裳을製作而春風時節에는衣此羅衣ᄒᆞ고舞之러니現今節序는秋風凉冷ᄒᆞ야羅衣를不可堪着也라此女가以羅衣裳으로比之ᄒᆞ야得寵於秦王時는此春風時也오失寵於秦王時는此秋風時也니此亦秋風能再熱이면圍扇不辭勞之意也라

古意

淨掃黃金階　下簾彈箜篌
飛霜厚如雪　不忍見秋月

此는擬古之作이니宮人之怨辭也라夜不能寐故로掃階以露坐ᄒᆞ야且以冀君之臨也라此句觧者는俱云霜飛라愚意는霜落이必于五更이라當是夜坐旣深에白露凝階ᄒᆞ야從月光中見之ᄒᆞ니厚如霜雪耳이라下句秋月之根이便伏於此라於是에擧頭見月ᄒᆞ고不見君王ᄒᆞ야乃入室下簾ᄒᆞ고彈箜篌ᄒᆞ야以寄怨卿以自遣이라所以下簾者는爲秋月之能傷我心ᄒᆞ야不忍見之耳라

魏宮詞

擬上銅雀臺　魏帝使人催
朝日照紅粧　畫眉猶未了

魏王曹操ㅣ築銅雀臺ᄒ고每宴樂其上ᄒ서宮女凝粧盛飾ᄒ야爭妍
妬美ᄒ야擬上銅雀臺之時에方升之朝旭이照耀于紅粧이라此時에
宮女畵其蛾眉를尙未了ᄒ야魏帝使人으로催促ᄒ니魏帝之威風豪
興이至於此乎아

長信草

長信宮中草
年年愁處生
時侵珠履跡
不使玉階行

此는怨辭也라獨居長信宮ᄒ야見日生之草ㅣ何必於愁處乎아履生
草則自失長養故로時或有珠履之跡이侵之ᄒ야不使之行於玉階上
耳라自嘆自比之意也라

少年行

遺却珊瑚鞭
白馬驕不行
章臺折楊柳
春日路傍情

以珊瑚爲鞭ᄒ니見物之貴重而少年遺却은驕貴態也라白馬ㅣ以無
鞭으로驕不肯行動은所以起下文折柳也라折柳는所以代鞭而加章
臺二字於楊柳之上ᄒ니以章臺植柳ㅣ妓女所居로少年이過此에情

不在折柳라路傍情은何處不可留戀이리오章臺ー當春日ᄒ야少年
이當更有不勝情者라情字妙

流水曲

歸來日尙早
更欲向芳洲
渡口水流急
回船不自由

此는舟船을浮於流水ᄒ야以遨以游ᄒ야極其樂意ᄒ고歸來則日色
尙早故로更欲放舟ᄒ야至于芳菲洲渚ᄒ야期盡未盡之樂矣러니渡
口에水之流太急ᄒ야不可任意回船ᄒ니此는水勢汹湧故耳라倘或
詩人이乘舟而游耶아抑或採蓮女耶아未可知也로다○流水曲者는
游於水故로以爲題ᄒ고吟咏其事者也라

探蓮曲

玉嶼花爭發
金塘水亂流
並着採蓮舟
相逢畏相失

此는採蓮姬女也라曲者는歌曲之曲字로同이라玉淑者는以玉石으
로修築故로曰玉淑라ᄒ고金塘者는以金石으로修築故로曰金塘이
라花非獨爭發於玉淑오水非獨亂流於金塘이라花爭發處에水亦流

焉이오水亂流處에花亦發焉ᄒᆞ니聯成時에分舖以成詩也라採蓮之
女一亂流中에相逢則急浪驚濤에却畏相失ᄒᆞ야互相接着其舟也라

孟浩然

宿建德江

移舟泊烟渚　野曠天低樹
日暮客愁新　江清月近人

建德江은在浙江嚴州府○泊舟之時에水烟이繚繞故曰烟渚라因日
暮觸景而生愁故愁新이라此聯은賦景而客情이自見이라四野旣曠
ᄒᆞ야江頭에一望ᄒᆞ니遠天低而近連于樹라江頭에夜泊ᄒᆞ니但見
清波明月이爲我之伴ᄒᆞ니是月近人也라即此孤寂이便是客愁라

送朱大入秦

遊人五陵去　寶劍直千金
分手脫相贈　平生一片心

以劍贈友之詩也라言故人이向長安而去ᄒᆞ니長安에有五陵ᄒᆞ며有
豪俠所居ᄒᆞ니不可無劍也라故로贈以千金寶劍ᄒᆞ야以表吾平生一
片ᄒᆞ니尙友之壯心也라

送友之京

君登青雲去
余望青山歸
雲山從此別
淚濕薜蘿衣

此는送友入京之詩也라君則有意於青雲而入京則洛水之青雲이爲君所登이오余則有心於青山而鄉谷之青山이爲余所望ᄒᆞ야雲與山이從此而別ᄒᆞ니淚水沾濕於余之薜蘿衣矣니此는市朝之人과雲林之客이相去絶遠ᄒᆞ야更無相逢之期이라不覺離索之悲故로自然淚下라

同　　儲十二　洛陽道中作

珠彈繁華子
金羈遊俠人
酒酣白日暮
走馬入紅塵

此는因道中所見而作也라珠彈者는繁華之子오金羈者는遊俠之人이也니終日遊遨ᄒᆞ야酒已酣矣오日已暮矣則走馬橫馳ᄒᆞ야入於城內紅塵之中ᄒᆞ니其興致之佚蕩과意氣之軒昂을不可量也로다

春曉

春眠不覺曉
處處聞啼鳥
夜來風雨聲
花落知多少

此詩ᄂ字字做曉字ᄒᆞ니春氣著人故로曉而不覺이라從枕上ᄒᆞ야聞
得無處不是鳥聲ᄒᆞ니盖天曉時에陽開ᄒᆞ니鳥屬陽ᄒᆞ야感陽氣而一
齊皆鳴이라因聞鳥聲而一心이關乎花上ᄒᆞ고因天已曉而特轉到夜
來ᄒᆞ니夜來ᄂ天未曉之前也오風雨ᄂ花之所畏니風雨聲이從聞字
生出이라花因風雨必落故로聞聲而即知花落ᄒᆞ되但尙在枕上聞之
ᄒᆞ야正不知落得多少ᄒᆞ니此正是寫曉字處오比及已知多少ᄒᆞ야ᄂ
天已曉過矣라○知多少ᄂ知幾何로同이라

訪袁拾遺不遇

洛陽訪才子　聞說梅花早
江嶺作流人　何如此地春

江嶺은江西之庾嶺이니流人은有罪而流放於嶺外也라○浩然이訪
友不遇而傷其被放而作也라拾遺ᄂ洛陽人이니孟公之友也라特至
洛陽ᄒᆞ야訪之ᄒᆞ니不意에袁이已被罪免官而流放于嶺外矣故로作
詩寄之라庾嶺이地暖ᄒᆞ야梅花早開ᄒᆞ니公盖未至也故로曰聞說이
라言嶺梅雖早나豈如故園春色之可樂哉아惜才人之不幸也라

尋菊花潭主人

行至菊花潭　主人登高去
村西日巳斜　鷄犬空在家

此는重陽日也라○浩然이行至菊花潭則西天에日已斜矣라古人이聞避災之說ᄒ고此日登于高山而晚歸則家人回祿ᄒ야鷄犬이燒死라以後로俗尙登高故로菊花潭主人도亦從此俗ᄒ야登高而去ᄒ고空家에只有鷄犬而已라

洛陽道　儲光羲

洛水春氷開　洛城春樹綠
朝看大道上　落花亂馬足

光羲ᅵ洛陽道中에見洛之水에氷已解釋ᄒ고洛之城에樹已蒼翠ᄒ야朝來看大道之上ᄒ니紛紛之落花ᅵ亂於馬蹄之中ᄒ니此時는春三月也라○氷開於水ᄒ고樹綠於城ᄒ야春色을可見이온況馬足之落花ᅵ亂於朝日大道平아

又

大道直如髮　五陵貴公子
春日佳氣多　雙雙鳴玉珂

五陵은帝王陵寢附近之處니多貴臣所居라玉珂는馬飾也라此言東都貴遊之盛也라言東都之官衢寬潤而路直이如髮하고芳春에韶華佳麗하며五陵年少之貴介公子雙雙兩兩히幷馬春游하니鳴鑾佩玉之聲이相續而不絕也라○光羲는潤州人이니天寶中에爲御史라○盛唐

長安道

西行一千里　暝色生寒樹
暗聞歌吹聲　知是長安路

此는向長安之時也라向西而行하니道路經歷이乃千里也라日已黃昏하야暗暝之色이生於樹間하고漸漸散步而入하니忽聞歌謠管絃之聲이隨風淸亮하니始乃知長安之路即在此也라

江南曲

綠江深見底　高浪直翻空
慣是湖邊住　舟輕不畏風

此는江南船游之事를詩以記之ᄒ야謂之曲이라見綠江之色이澄淸
ᄒ야深而可見水底오高浪之勢汹湧ᄒ야直而亂翻空中ᄒ니此는咏
江水波浪之形勢라湖邊住舟素是慣習ᄒ야風波雖險惡이나舟能輕
而不畏也라

日暮長江裏
相邀歸渡頭
落花如有意
來去逐船流

江天日暮ᄒ니景色千萬이라乘船之人이相邀ᄒ야同歸渡頭則流水
落花宛如有意ᄒ야或來或去ᄒ야逐船之運動而泛泛流來ᄒ니此亦
景槪之勝과興味之深者也라

又

裴迪

孟城坳

結廬古城下
時登古城上
古城非疇昔
今人自來往

孟城坳는在綱川이라裴迪이與王維로同居醉吟耳라古城之下에結
廬而居之ᄒ고時時登古城之上則古城이非疇昔之景이오今人이自

木蘭柴

來往於此ᄒᆞ니其感古愴今之懷ㅣ果何如哉아

蒼蒼落日時　鳥聲亂溪水
緣溪路轉深　幽興何時已

木蘭柴ᄂᆞᆫ與鹿柴로同이라夕陽이紅歟ᄒᆞ고天色이黃昏ᄒᆞ면山溪樹木의蒼蒼之色이倍加光輝而此時에歸鳥之聲이嘈嚶于溪畔叢林ᄒᆞ니緣溪之路ㅣ轉爲深邃ᄒᆞ야幽興이何時而可已乎아

武侯廟

杜甫

遺廟丹青落　空山草木長
猶聞辭後主　不復臥南陽

武侯卒於軍ᄒᆞ니後主ㅣ詔立廟於沔陽이러니今丹青이剝落ᄒᆞ고山木이茂長則歲月이亦已久矣라武侯上出師表ᄒᆞ고辭後主伐魏ᄒᆞᄂᆞᆫ至今猶聞之ᄒᆞ고但僇力王家ᄒᆞ되天不祚漢ᄒᆞ야不得功成而歸ᄒᆞ야復臥南陽ᄒᆞ니是其心忠直이與廟貌로俱古矣라

八陣圖

功蓋三分國　名成八陣圖
江流石不轉　遺恨失吞吳

八陣圖ᄂᆞᆫ在夔州魚腹平沙之上ᄒᆞ니石疊列爲八行ᄒᆞ야天、地、風、雲、飛龍、翔鳥、虎翼、蛇蟠也라○言孔明輔蜀之功이三國之臣은皆不能及也라孔明韜略을見於八陣圖矣故로曰名成이라峽水漲時에皆如十圍巨木과百尺枯槎縱橫隨流而下ᄒᆞ야及乎水落ᄒᆞ야萬物이皆失其故而八陣圖宛然ᄒᆞ야所疊之石이不改其處ᄒᆞ니其神異如此라徐而庵曰先主若無伐吳之舉則漢事를猶可爲어늘何至我鼎足之勢而與吳로反結唇齒之邦ᄒᆞ야孔明이鞠躬盡瘁ᄒᆞ야卒無成功ᄒᆞ니此所以爲孔明之有恨耳라

絕句

江碧鳥逾白　山青花欲然
今看春又過　何日是歸年

江水色碧ᄒᆞ고鳥飛色白ᄒᆞ야以水碧而覺鳥之愈白이라然은火燒色紅也니以山青而顯出花之色紅ᄒᆞ니此ᄂᆞᆫ子美在夔ᄒᆞ야觀江山花鳥

ᄒᆞ야感物而思歸也라我在此ᄒᆞ야看江山花鳥ᄒᆞ고不覺把今春又過
ᄒᆞ니今日이何日이며今年이何年고流光이如駛ᄒᆞ니如之何不思也
리오

又

崔顥

江動月移石
谿虛雲傍花
鳥棲知故道
帆過宿誰家

江波搖動ᄒᆞ고江月照耀ᄒᆞ야宛然月移江邊之石ᄒᆞ고谿谷空虛ᄒᆞ고
谿雲變變ᄒᆞ야遠見雲傍江上之花라尋棲之鳥ᄂᆞᆫ能知故道而飛去ᄒᆞ
니泛江之舟ᄂᆞᆫ今何誰家而宿止乎아此ᄂᆞᆫ江上所見之物을吟而歎之
也라

長干行

崔顥

君家住何處
妾住在橫塘
停舟暫相問
或恐是同鄉

長干은在金陵이오橫塘은在金陵麒麟門外(一統志)吳自江口에沿
淮築隄ᄒᆞ야謂之橫塘이니在今應天府ㅣ라此ᄂᆞᆫ游女與游子로相問

答之辭也라 言游女ㅣ問郎家住何處오 不待其答而又自言家住鍾山
之橫塘이라 疑郎聲音이與妾相近故로 停舟借問之호ㄷ 恐是故鄉之
人이可相詰而致慇懃也오 ○崔顥는木州人이니 開元中에司勳員外郎
이라 ○盛唐이라

九江은即洞庭湖

又

家臨九江水
來去九江側
同是長干人
生少不相識

此亦男女對語之詞也라 吾家臨於九江之水호야 自去自來를長在于
九江之側則同是長干之人으로 生少不相識호니 今既晚矣오恨不早
也로다

江南曲

下渚多風浪
蓮船漸覺稀
那能不相待
獨自逆潮歸

探蓮之吳姬越女ㅣ滿於中流而下渚에 忽然風起水涌호야 桂棹蘭撓
不能底定호야 蓮船이漸歸호야 稀少於波面이라 乃言與我相親之人
은不相待호고 逆潮而獨歸호야 使我悵然之久오 探蓮之女ㅣ同伴同

來之女ㅣ不待先歸를嗟嘆之也라

田家春望　高適

出門無所見　可憐無知已
春色滿平蕪　高陽一酒徒

出門無所見은唱起下句春色이나然이나亦見出門落落에莫知所從
也라平蕪는平地草也라所見은春色이偏地ᄒ야惟有草耳라可歎無
知已는我眼中에並不見有一箇人ᄒ고人意中에並無一箇人이知得
我ᄒ니然則我將如之何아只得混迹酒徒耳라高陽一酒徒는漢高帝
輕儒生이어늘高陽酈生이入見辭之라生이叱使者曰吾는高陽酒徒
也니沛公이見之나夫酈生은以沛公이輕儒故로混託酒徒以見ᄒ고
今高適은以世無知己로딩想酒徒로딩亦不易爲耳라〇適이在田家ᄒ
야出門에一無所見ᄒ고草色이滿平蕪ᄒ야春景을可見이라仍自嘆
世無知已之友ᄒ고高陽酒徒도亦不易耳라

同群公題張處士菜園

耕地桑柘間　爲問葵藿資
地肥菜常熟　何如廟堂肉

適이與群公으로作詩호야題于張處士菜園이라桑拓之間地를耕而
治之호니土理가肥沃膩膏호야菜屬常熟이라仍問葵藿之味與廟堂
膏粱之人으로當何如乎아此는讚頌張處士之意也라

行軍九日思長安故園　岑參

強欲登高去　無人送酒來
遙憐故園菊　應傍戰場開

陶公이居柴桑에九日에太守王弘이使白衣送酒○從軍而思故園之
作이니言身在軍中호야邊驚이稍息호니當此佳節호야非無高山可
遊며秋色可玩也로딕其奈無人送酒而此興이遂闌호고軍中稍閑而
長安이擾亂호야君上이播遷而吾鄕故園之菊이恐應爲戰場開矣리
니傷哉○參이肅宗時爲御使호고時至嘉州刺史라○盛唐

見渭水思秦川

渭水東流去　何時到雍州
憑添兩行淚　寄向故園流

渭水는出隴西郡호야東至京兆入河ㅣ라雍은在秦中호야流爲秦川

이라雍州는參之故國也ㅣ라○渭水秦川이只隔秦嶺ㅎ야爲兵戈阻塞而
不得通故로見渭水東流而問其何時에到雍州耳라參이在軍中ㅎ야
思家之切ㅎ야通故園者는惟有此水故로將兩行眼淚ㅎ야憑此渭水
以寄到故園而已라亦是從軍中ㅎ야不得顧家ㅎ야無暇爲思家之意
也라

題蒼頡造字臺

野寺荒臺晚
寒天古木悲
空階有鳥跡
猶似造書時

此는參이題蒼頡造字臺라見荒蕪之古臺ㅣ屹立於野寺中ㅎ고蕭條之古木은自悲於寒天下ㅎ니追思古人에曠感이自多ㅎ고空虛無人之階砌에有飛鳥之跡ㅎ니于今에猶似蒼頡이造書之時出라

登鸛雀樓　王之渙

白日依山盡
黃河入海流
欲窮千里目
更上一層樓

鸛雀樓는在河中府ㅣ라○白日依山盡者는樓前所望者ㅣ中條山이

니其山이高大 야日爲所遮 야本未盡而若依山盡者 니山高를
可知라黃河入海流者 黃河ㅣ蒼茫 야其勢直下 야如見其入于
海者라二句 皆從樓上望見 야已盡目力所窮矣라欲窮千里目者
此轉語니猶以爲目力未窮 야不能見及千里外라更上一層樓者
若欲窮目力之勝于此樓上 야得一層纔好ㅣ라此皆詩人이題外
深一層寫作 야設此虛想이오非眞有樓上樓 야尙未登也라

祖詠

終南望餘雪

終南陰嶺秀　林表明霽色
積雪浮雲端　城中增暮寒

先題出終南山來 야作起山對長城이라次寫山頭積
雪之處 니陰嶺에日光이不照 야方可積雪이오秀 是嶺之曲折
出積雪字 야卽帶望字意 고浮雲端은言其高也니
而見이라林之外曰林表ㅣ니枕上之雪이己消 고陰嶺之雪이因天
霽而色射林表而其光이明亮相映 니是做餘字也라所以望此終南
雪者 在長安城中也라城中에日暮 야爲雪所映 야陰氣直逼而

夜爲之增寒也라上三句는寫題己畢호고此又暮寒은描望字之餘影
이라按唐試此題에限五言律호니詠이作此四句交卷호디人이問之
호니詠이曰我已做盡호니此外는眞更不能添一語矣라호니라

罷相作　李適之

避賢初罷相
爲問門前客
樂聖且銜盃
今朝幾箇來

樂聖은古人이以淸酒로爲聖人호고濁酒로爲賢人호니皆隱語也라
○公이退位호야有感而作也라言己無能호야不堪居相호니當避位
以讓賢者호고安居無事호야惟銜杯縱酒以自樂也라然이나昔之爲
相엔賓容이滿堂이러니今己去位而門庭이冷落호니顧我而來者曾
有幾人哉아○適之는唐宗室이니天寶中에爲左相이라善飮호야與
李白等으로爲飮中八仙이라○盛唐

奉送五叔入京寄綦母三　李頎

陰雲帶殘日
悵別此何時
欲望黃山道
無由見所思

此는送別五叔而仍念慈母三也라陰雲이滿天ᄒ고殘日이掛西ᄒ야雲陰이掩翳西下之日ᄒ니慘淡蕭瑟之氣ㅣ觸目生愁ᄒ니送別悵懷當此時ᄒ야果何如哉아又思慈母三之別ᄒ야望黃山道則無由見所思之人ᄒ야悵別中에又加添這所思之緒耳라

閨怨　沈如筠

雁盡書難寄　願隨孤月影
愁多夢不成　流照伏波營

此는征婦思夫之怨也라夫婿從軍遠在而向那邊之鴻鴈이既已飛盡則錦字之書를更無寄送이오每當夜則悵緒ㅣ深結于胷中ᄒ야欲眠而眠不得則何可成夢而夢中相逢耶아書難寄오夢不成則又有一願ᄒ니吾之身이隨在天之月影ᄒ야共照于伏波營中則夫之面目을庶幾見之而何可必也리오

對雨送人　崔曙

別愁復兼雨　別淚還如霰
寄心海上雲　千里長相見

此는雨中送人之詩也라別離之愁ㅣ一層增加ㅎ고別離之淚縱橫流下ㅎ야悅若霰雪之飛下ㅎ니此時別恨이尤深於他時라吾之心이寄在海上之雲이면與君으로長相見於千里之外耳라此는別之深이오思之切故也라

別

綱川別業　王維

山月曉仍在
林風凉不絶
殷勤如有情
惆悵令人別

仍字妙○月至曉而仍在는似欲送人ㅎ야不因人去而異也라林際風飄ㅎ야其凉이不絶ㅎ야如欲以待客者ㅎ야不因人欲去而遽絶也라謂此別業之風月이殷勤相送ㅎ야如有情者라彼以殷勤으로添我惆悵ㅎ니直令人으로別思難禁이라

左掖梨花

丘為

冷艷全欺雪
餘香乍入衣
春風且莫定
吹向玉階飛

雪輸其艷ᄒᆞ고衣染其香ᄒᆞ니所以寫梨花品格이幽淸ᄒᆞ야爲人所親
愛也라於是寄語春風曰花須借爾之力이니爾且莫歇ᄒᆞ라左掖은乃
中書門下二省之左右掖門이니去帝之玉階尙遠ᄒᆞ야必得春風借力
ᄒᆞ야吹向玉階前飛舞ᄒᆞ야以近夫顏이면乃爲花神有幸耳이라

古歌　沈千運

北邙不種田
但種松與栢

松栢未生處
留待市朝客

千運이登北邙山ᄒᆞ야感而作也라彼北邙山은不種五穀ᄒᆞ고但種松
栢ᄒᆞ야松栢이鬱鬱蒼蒼ᄒᆞ야望之蔚然而或有松栢이未生之處ᄒᆞ니
此는市朝之客을留而待之之故也라此所謂蒿草多於松栢樹와古人
塚上今人葬者其此之云耳라

陪侍郎叔遊洞庭醉後作　李白

刬却君山好
平鋪湘水流

巴陵無限酒
醉殺洞庭秋

洞庭湖中에 有君山ᄒ니 湘君所遊也라 劉은 鐘으로 同이라 言君山이 在湖ᄒ야 不免湖中芥蒂ᄒ야 不如劉郎便好ㅣ라 君山을 劉去ᄒ면 湘水ㅣ 平流而我眼之界彌覺空濶矣라 巴陵은 即岳州ㅣ라 有酒而不爲之限量ᄒ고 醉倒在洞庭秋色之中ᄒ니 眞有萬頃茫然에 縱一葦所如之意라

元結

將牛何處去

將牛何處去　耕破故城東
相伴有田父　相歡惟牧童

此ᄂ農家之事也라 問將彼牛而去于何處耶아 向故城之東ᄒ야 耕破其地ᄒ야 爲田ᄒ야 作伴之田父ᄂ 或播或耕ᄒ고 傾盡村醪ᄒ야 或歌或笑ᄒ며 牧童은 或鋤或鎌ᄒ며 嘔歌嘈哳ᄒ며 葉笛嘔啞ᄒ야 樂其樂ᄒ니 昇平氣象을 亦可見이라

劉長卿

平蕃曲

絕漠大軍還　空留一片石
平沙獨戍閑　萬古在燕山

此는出戰凱還之詩也라大軍이平蕃後에絶漠之地로奏凱而還則平
沙之間에士卒之成者閑而無事라勝捷之顚末을記而勒之於一片石
호야立於燕山호니此는萬古長在於此山也라長卿이歌咏其事而謂
之平蕃曲이라

春宮懷古

君王不可見　猶帶羅裙色
芳草舊宮春　青青向楚人

此는春宮懷古而作也라回憶古事호니居此宮之君王은不可復見이
오芳草之春色이滿於宮中호야令人傷感호고草色이宛若羅裙호야
青青向楚人則昔日全盛之時에宮姬之羅裙이飄拂此地而今則只有
映階碧草自春色耳라

逢雪宿芙蓉山

日暮蒼山遠　天寒白屋貧
柴門聞犬吠　風雪夜歸人

行路之際에暮景이可悲라此句는言行路之至難이라白屋貧家에蕭
條況이又値天寒而宿호니更倍凄凉矣라柴門犬吠는驚客到也니確

是夜景이라人從風雪中ᄒ야夜歸白屋ᄒ니是在凄凉中ᄒ야得安樂
境也라

送

張十八
歸桐廬

歸人乘野艇
帶月過江村
正落寒潮水
相隨夜到門

此ᄂ送人之詩也라歸去之人이乘其野艇ᄒ고帶明月之色而過江上
之村ᄒ니寒潮ᄂ正當此時ᄒ야落而退去ᄒ야相隨而夜到於其門ᄒ
니月夜江上之勝景이可以手로一掬이라

送

方外
上人

孤雲將野鶴
豈向人間住
莫買沃州山
時人已知處

(雲級七籤)七十二福地에沃州一在越洲剡縣南이라○上人이欲居
沃州之山故로長卿이送方外上人詩에詩以贈之曰孤雲野鶴이向人
間而豈可住居乎아聞說沃州山은乃是時人이已知之處則何可避
世隱身之地耶아沃州山을莫買之意로纏縷提之耳라

江中對月　錢起

空洲夕烟歛　歷歷沙上人
對月秋江裡　月中孤渡水

秋江秋月이人人可愛而長卿이見空虛之汀洲에繞繚散亂之夕烟이
忽然歛盡호니秋江이澄淸無塵호고在天明月이照耀호야滿江景色
이挑出興味라又見月光中에平沙上行人이歷歷遠見而帶月孤渡水
호니可謂秋月照寒潭을亦幾近之矣로다

逢俠者

燕趙悲歌士　相逢劇孟家
寸心言不盡　前路日將斜

俠者는劍客也라劇音吉이니劇孟은漢之大俠이라起借以比俠者也
○燕趙에古多慷慨悲歌之士호니如荊卿聶政之流一至唐猶盛也라
起一路逢劍俠之士호야因作詩以贈之홀서言子固燕趙之俠士也라
與子로幸逢於洛陽道中호니又漢大俠劇孟之鄉이라於是에兩心相
契而縱談悲壯不平之事나無奈高談未盡而夕陽이已斜호고又將分
手而別也라○起의字仲文이니吳興人이라天寶中에下第호고官考

宿洞口館 耶이라○中唐

野竹通溪冷　秋泉入戶鳴　亂來人不到　寒草上階生

此는起一宿於洞口舘而作也라見竹林이滿野ㅎ고野中有溪ㅎ야潺湲而流ㅎ니竹之清冷蕭颯이逼人ㅎ고枕上夜靜ㅎ니秋泉鳴咽之聲이入於窓戶ㅎ야令客으로不能成眠이라且思之ㅎ니此舘이昔日에는詞客游子之往來日無斷絕러니今也에는亂離之後에人跡不到ㅎ야只有寒草ㅣ上階而生ㅎ니亦一感歎者也라

石井

片霞照仙井　泉底桃花紅　那知幽石下　不與武陵通

片霞는卽桃花色也라紅花之紅이暎在泉底ㅎ니寫得幽幻武陵에有桃花源ㅎ야爲先世避秦人이居此ㅎ니迥非塵境이라今安知幽石下에不有洞口與之相通者乎아用筆이取其奇幻이오不可撫實也라○桃花爛開之中에有井ㅎ야桃花紅影이倒挿於水底而燦然이라

江行 第五

其九

翳日多喬木　維舟取束薪

此는江行而作也라江岸에多喬木호야掩翳白日而江行之人이維其舟而取其薪이라江叟之語를靜言聽之호니皆是厭兵之人也라○此時受苦於兵戈之中호야每言에厭苦兵革을互相論述이라

靜聽江叟語　俱是厭兵人

舟行夜已深　斗轉月未落

此亦江行而作也라舟行之時에夜已深호야北斗星은杓已轉호고西天月은輪未落호니萬籟俱寂호고四顧無人호되江上이라方此靜寂호야客愁惹起之際에數聲之砧이逐風而來호니江村不遠을於是乎始覺得矣라舟中人이不眠而坐호야見曉色蒼茫而已오寂無人聲터니忽聞호니一片舟ㅣ浮於萬頃之波호야當此夜深호야斗轉月未落風便之砧聲이吹來兩三호야知得村家之近住호니孤寂中에愁緖를可以撞破라

有村知不遠　風便數聲砧

秋夜寄丘二十二員外　韋應物

懷君屬秋夜　散步詠涼天　山空松子落　幽人應未眠

懷友而當秋夜ᄒᆞ야凄然客心矣라離懷無已故로散步而成吟於秋天凉夜也라木落則山空矣라松子落山中은夜靜時也라幽人은指丘員外니應是遙想之詞라遙想其未眠時에當亦有幽興懷秋也리라

西郊期滌武不至書示

山高鳴過雨　澗樹落殘花　非關春不待　當田期自賒

此ᄂᆞᆫ相期不至故로作而寄之라應物이在西郊ᄒᆞ야見鳴雨既過于高山之上ᄒᆞ니澗邊之樹에餘在之殘花落英紛紅耳라春不待而去ᄂᆞᆫ非所關係라當田而不田ᄒᆞ야相約之時自此而遠ᄒᆞ야以是歎之也로다

送春詞　王維

年年春更歸　日日人空老　相歡有樽酒　不用惜花飛

人空老則不堪春更歸矣라春不爲人而留ᄒᆞ니奈何오日日空過ᄒᆞ니豈不可惜이며年年到春ᄒᆞ니安可不樂이리오惟樽酒在ᄒᆞ야可以相歡이니此是歡字意라即相歡矣니何者堪惜고春歸當復來오花飛當再開ᄒᆞ리니若不知及時爲樂者ᄂᆞᆫ乃直可惜이라○此ᄂᆞᆫ送春而嘆人生之空老ᄒᆞ야歡心을寓之於酒而飛去之花를不足惜耳라

章應物

寄盧陟

柳葉遍寒塘
曉霜凝高閣
屢日此留連
別來成寂寞

此ᄂᆞᆫ應物이作詩以寄盧陟也라此時에霜風日緊ᄒᆞ고天氣日冷ᄒᆞ야楊柳之葉이飄飄飛下ᄒᆞ야遍滿於寒塘之畔ᄒᆞ고曉天嚴霜은凝結于高閣之上이라與君留連屢日ᄒᆞ야相與爲樂이러니一朝成別後로彼阻隔ᄒᆞ야寂寞之懷抱를無處消却ᄒᆞ니如之何오思伊之情이倍切于落葉蕭蕭之時ᄒᆞ야不可堪抑也라

寄　璨律師

凍雪封松竹
遙知郡齋夜
時有山僧來
懸燈獨自宿

此는作詩寄也라遙知케라郡齋之夜에白雪이凍封於松竹之枝ㅎ야此는言雪景而松栢之操能耐氷雪ㅎ고不改其靑으로引而譬之ㅎ고又言白雪乾坤에千山鳥飛ㅎ고萬徑人滅而有時로山僧이來到ㅎ야懸燈而獨自宿ㅎ니其淸潔高尙之志를亦可見이라

同
褒子秋齋獨宿

山月皎如燭
霜風時動竹
夜半鳥驚棲
牖間人獨宿

應物이獨宿秋齋而吟其景也라在山之月色은皎潔이悅如明燭之煒煌ㅎ고凜凜霜風은有時로搖動竹林ㅎ니蕭颯淸冷之氣使客子로觸目生愁라此時夜將半에樓林之鳥는驚而鳴ㅎ니倘或驚月光耶아牖間則行人이獨宿ㅎ나豈可安心成眠乎아以是로應物이未眠而成詩也歟아

聞鴈

故園渺何處
歸思方悠哉
淮南秋雨夜
高齋聞鴈來

此는離家當秋ㅎ야聞鴈而感者也라言吾之故園이在於何處而渺茫

遙遠乎아歸哉之思ㅣ方切而悠悠乎哉러니況又方在淮南ᄒᆞ야秋雨霏霏ᄒᆞ고秋夜寥寥타가南歸之雁聲이忽入於高齋之上ᄒᆞ야使我로故園之思ㅣ一層ᄒᆞ야不可以禁也라

咏聲

萬物自生聲　太空恒寂寥
還從靜中起　却向靜中消

天道不言故로詩云上天之載ㅣ無聲無臭라ᄒᆞ고易云天何言哉아ᄒᆞ니太空은恒寂寥而五行之佐와四時之更ㅣ宣其氣而歲功成焉이오至於萬物ᄒᆞ야는無物不有聲ᄒᆞ야樹는風爲之聲ᄒᆞ고水는波爲之聲ᄒᆞ고四時는鳥以鳴春과雷以鳴夏와虫以鳴秋와風以鳴冬이是也라然而萬物之聲이從靜中起ᄒᆞ고向靜中消ᄒᆞ니聲之體ㅣ微杳難見ᄒᆞ야只見有聲之物體ᄒᆞ고不見聲之形體故로靜中起靜中消云耳라

婕妤怨

皇甫冉

花枝出建章　鳳管發昭陽
借問承恩者　雙蛾幾許長

秋怨

漢成帝의 班婕妤ー賢ᄒᆞ야而無寵ᄒᆞ야後人이多詠之ᄒᆞ야譜入樂府○此ᄂ擬古樂府題而寫婕妤之怨也라昔에婕妤ー靜處深宮ᄒᆞ야不希恩寵ᄒᆞ고見別宮如花之女ー奉詔而入建章宮ᄒᆞ고又聞昭陽殿內에己品鳳管鸞簫以宴之矣라試問承恩之美女雙蛾之眉黛ー幾許之長則亦同吾一樣之蛾眉也니何有異哉아○冉은晚唐詩人이라

長信多秋色
昭陽借月華
那堪聞鳳吹
聞道選良家

此ᄂ宮怨이當秋而尤切故로謂之秋怨이라長信宮中은非秋之時에도凄涼慘淡이常有秋意온況又多秋色者乎아昭陽殿內ᄂ明月夜에鳳吹龍管이不絕ᄒᆞ야使我로不堪聞而承恩之美女ᄂ聞道則乃是選於閭閻良家而己라婕妤ー悲長信之秋色ᄒᆞ고羨昭陽之月華而良家之美女ー何足以稱傾國之色乎아

同
諸公子有懷

舊國迷江樹
他鄉近海門
移家南渡久
童稚解方言

此는離故鄉寄他鄉者也라恨望舊國山川則江樹ㅣ依迷而觀此他鄉
風土則海門이偏近이라移家南渡ᄒᆞ야樓息于此ㅣ爲積歲之久ᄒᆞ야
童稚之能言者ㅣ習解此方之言ᄒᆞ니舊國之思를不可忘也오他鄉之
愁를容有已乎아生長之稚子ㅣ習於他方言而能解之ᄒᆞ니尤庸傷懷
者耳라

送 （送王翁信還剡中舊居）

海岸耕殘雪　家中何所有
溪沙釣夕陽　春草漸看長

此는送別之詩也라王翁信이素以剡中人으로有志青雲ᄒᆞ야卜居京
師러니携取琴書ᄒᆞ야還隱舊居ᄒᆞ야以耕雲釣月로以爲樂而海之岸
에尚有殘雪ᄒᆞ되未而耕之ᄒᆞ고溪之沙에已近夕陽에竿而釣之ᄒᆞ니
鄉居趣味得其眞境ᄒᆞ고問君家之中에有何所有乎아滿庭春草ㅣ日
日漸長ᄒᆞ야庶幾得庭草不除之意也耶아

和 （和王給事梨花詠）

巧解迎人笑　春風時入戶
偏能亂蝶飛　幾片落朝衣

送
王司直　皇甫冉

西塞雲山遠　人心勝潮水
東風道路長　相送過潯陽

荊州記에荊門虎牙는楚之西塞니司直이自吳入楚ᄒ야必經西塞也
라時値春則從東風中行而不覺道路之長也라潮-至潯陽而回ᄒ고
不復過小孤山下라今送君之心이與君俱遠ᄒ니是는人心이勝於潮
水也라借潮水ᄒ야以形人心之勝ᄒ니有波瀾이라

此는王給事-有梨花詠而皇甫冉이和之以詩也라言梨花-迎人則
巧笑之ᄒ야嬋妍之態와淡泊之氣-令人愛賞不已오紛紛飛來之時
에宛若亂蝶之翩翩ᄒ야婆娑之狀과散亂之形이亦一奇觀이라試問
春風吹入於直中門戶ᄒ야幾個片이落於朝衣之形이亦一句는描盡梨花
之狀態ᄒ고一句는梨花-隨春風而入戶ᄒ야花片이點點落於給事
之朝衣者-爲幾何耶아

採蓮曲
劉方平

落日清江裏　採蓮從少慣
荊歌艷楚腰　十五即乘潮

此는 採蓮을 詩以記之ᄒᆞ니 卽曲也ㅣ라 見淸江無風ᄒᆞᄃᆡ 細波ᄂᆞᆫ 自興ᄒᆞ
고 日落于西ᄒᆞ야 返照紅歛ᄒᆞ니 江湖暮景이 氣像萬千이라 此時에 荊
女之淸歌ᄂᆞᆫ 飄揚于遠天ᄒᆞ니 可聽可愛오 楚姬之細腰ᄂᆞᆫ 婀娜于淸波
ᄒᆞ니 含嬌含態라 惟彼之女ㅣ 自少로 慣習採蓮ᄒᆞ야 年十五則 乘船逐
潮를 能不畏而溯洄從之ᄒᆞ니 此乃荊楚之風乎아

長信宮

夢裏君王近　宮中河漢高
秋風能再熱　團扇不辭勞

君王近은 此是夢中이라 河漢高ᄂᆞᆫ 此是醒時라 河漢高則秋深矣라 秋
風이豈能再熱이리오 團扇을斷然不勞ᄒᆞ니 如能再熱이면定不辭勞
나然이나必無是理也라 於絕望之中에 起妄冀之意ᄒᆞ야 用不辭勞三
字ᄒᆞ니 妙라

銅雀妓

朱放

恨唱歌聲咽　西陵日欲暮
愁翻舞袖遲　是妾斷腸時

此는吟銅雀妓也라此妓가昔時得寵엔歌聲이和暢ᄒ고舞袖ㅣ飄拂
ᄒ야心平氣和矣러니今也엔欲歌則聲鳴咽ᄒ니此는恨在胸中故也
오欲舞則袖遲緩ᄒ니此는愁在眉宇故也라西陵에日欲暮ᄒ니妾之
心腸이豈不斷絶乎아追思前日而悲感者也라

題竹林寺

歲月人間促　殷勤竹林寺
煙霞此地多　更得幾回過

寺在廬山이라○言歲月이易度ᄒ고幽賞을難期라此地烟霞名盛之
區에人跡이罕到故로吾於此에慇懃眷念而不忍去ᄒ니自此之後로
能有幾回再到也오○朱放은襄州人이니爲曹王叅軍이라○中唐

春日歸家　李嘉祐

自覺勞鄉夢　無人見客心
空餘庭草色　日日伴愁襟

此는春日歸家而作也라客中에思家之切而成夢ᄒ야自覺其勞矣오
爲客之心을無人見之而庭畔之草色이空餘ᄒ야日日伴我之愁襟耳

라○言爲客之苦而歸家之喜ㅎ야可謂靑春作伴好還鄕也歟아

白鷺

江南綠水多　顧影逗輕波
終日秦雲裡　山高奈若何

此는見白鷺而作也라江南地形이低下ㅎ야江湖綠水ㅣ最多於此地故로鷗鷺之群이游泳其中而自顧其影於鏡水之面ㅎ고又逗遛於輕波之中이라終日秦雲之際에喬嶽高山이天半崔嵬ㅎ니如之何任意飛去耶아

春情　張起

畫閣餘寒在　新年舊燕歸
梅花猶帶雪　未得試春衣

此는寫春情也라此時에春尙早ㅎ야餘寒이猶在而燕子는能知新年ㅎ야又歸於畫閣之舊巢ㅎ고惟彼梅花는猶帶春色而欲開故로我尙畏春寒ㅎ야未得試着春衣耳라

山中即事　即上元

入谷多春興
山雲昨夜雨
乘舟掉碧濤
谿水曉來深

此는山中之即事也라入其谷則春色이可愛ᄒᆞ야乘舟掉於碧水之濤ᄒᆞ니谿水自曉以來로添水益深者는在山之雲이昨夜雨下故也ㅣ라雨來溪深ᄒᆞ야乘舟便易而入谷之春興을有不可勝言者也라

漢宮曲　韓翃

繡幕珊瑚鉤
春關翡翠樓
深情不肯道
嬌倚鈿箜篌

此는韓翃ㅣ追述漢宮之詞也라宮內에樓閣이壯麗ᄒᆞ고飾修之具ㅣ燦爛ᄒᆞ야幕則以繡爲之ᄒᆞ며所掛之鉤는以珊瑚爲之而春關에翡翠之樓ㅣ高聳ᄒᆞ니宏麗繁華可玩이라居此宮之人이深情은不肯道ᄒᆞ고含嬌之態로倚之ᄒᆞ고以首飾之金鈿으로擊箜篌而爲曲耳라

秋夜　耿湋

高秋夜分後　寂寂重門掩
遠客鴈來時　無人問所思

此는秋夜有懷而作也라言序已高ᄒᆞ고秋夜ㅣ已分ᄒᆞ니遠客鴈來時
라重門을已掩而寂寂無人ᄒᆞ야我之所思를無人問之ᄒᆞ니孤寂之懷
ㅣ當何如耶아

塞下曲　盧綸

月黑鴈飛高　欲將輕騎逐
單于夜遁逃　大雪滿弓刀

此는北塞之征伐也라月色은已黑而鴈飛已高ᄒᆞ니單于ㅣ乘夜遁逃
라輕騎로欲將逐之ᄒᆞ나壯大之雪이滿於弓刀耳라勢不可以逐去ᄒᆞ
야嗟歎而已라

拜新月　李端

開簾見新月　細語人不聞
便即下階拜　北風吹裙帶

心有所懷ᄒ야 未開簾以前에는 早已脈脈不得語矣러니 忽開簾而見新月ᄒ고 不免觸動情懷ᄒ야 即便下階而拜ᄒ니 思欲以情訴之月也라 細語人不聞者는 此拜月而訴衷情ᄒ야 喁喁然細語ᄒ니 人豈得聞이리오 却亦不便聞之於人也라 北風이 吹裙帶者는 語既不聞ᄒ고 但見北風吹動裙帶ᄒ니 只此吹裙帶時에 又豈得令人見乎아 情致靈靈ᄒ야 有子夜歌之遺聲이라

燕城懷古　古

風吹地上樹　城裡月明時
草沒城邊路　精靈自來去

此燕城은 故國之城堞이 頹傾ᄒ니 應是國亡古都ㅣ라 李端이 登此燕城則 蕭蕭之風은 吹動城上之樹而如有訴ᄒ고 離離之草는 埋沒城邊之路而如有愁라 古宮之花草는 埋幽徑ᄒ고 前代之衣冠은 成古丘則 城中月明之夜에 精靈飄揚ᄒ야 自來去于此地를 亦可度思也歟아 此皆懷古之悲耳라

送人　第　下

獻策不得意　暮年千里客
驅車東出秦　落日萬家春

鳴箏

鳴箏金粟柱
素手玉房前
欲得周郎顧
時時誤拂絃

此는送別下第之人이라言此人이獻策於試圍而齟齬不得意ᄒ야車馬驅馳ᄒ야向東出秦則千里遠客이白首殘年에失意情狀이並是凄凉嗟咄이오行路之中에日己落矣而萬家之春色이亦助客子之懷抱ᄒ니何日得意於春風而看盡長安花耶아

箏爲秦聲이니秦女ㅣ習之라五絃筑身也니今形如瑟이라不知誰所改作ᄒ야或曰秦蒙恬이所造라ᄒ니라金粟柱와玉房은俱箏上所有라素手玉房前者는鳴箏者ㅣ素手ㅣ在玉房之前也라周郎顧는周瑜一年이二十四에吳中이呼爲周郎ᄒ고精通音樂ᄒ야曲有誤면必顧ᄒ니時人이謠曰曲有誤면周郎顧라ᄒ니라誤拂絃은假意에拂絃吳曲ᄒ야以冀周郎之顧ᄒ니盖將以怨紅愁綠心腸으로寄與知音者耳라

金陵懷古

司空曙

輦路江楓暗
宮庭野草春
傷心便開府
老作北朝臣

此는懷古而作也라言昔時全盛之國이水流雲空ㅎ야今不可復見而
前王行輦之路에江楓已暗ㅎ고宮殿之庭에野草自春ㅎ니對此楓
庭草ㅎ야豈無感傷于心乎아庾開府ㅣ傷國亡ㅎ야作哀江南賦而爲
周所拘ㅎ야官至驃騎故로曰傷心庾開府ㅣ老作北朝臣耳라先言古
國之遺跡ㅎ고後言庾信之傷心也라

玩花與衛衆同醉

衰鬢千莖雪　他鄉一樹花
今朝與君醉　忘却在長沙

鬢髮이衰則千莖이如雪ㅎ니老年客況不佳를可知라一樹花ㅣ固妙
ㅣ나然이나在他鄉ㅎ야亦難遣老年之寂寞이라何幸今朝에得與好
友로同醉花下則非樂一樹花也오樂與好友同醉耳라忘却在長沙者
는此是不知何處是他鄉一意라長沙는他鄉也니今因與君醉酣暢而
忘之矣라

別盧秦卿

知有前期在　難分此夜中
無將故人酒　不及石尤風

石尤風은打頭風也니能阻行人之將發○別友人而欲留不可得之詩
也라言與子爲別이明知有後會之期호되無奈此夜之情에何오
故人이有酒思留之而不可得호니反不如石尤之風이能阻行舟호야
使我二人으로不得遽別호니亦無可奈何之詩也라○司空曙는廣平
人이니官虞部郎中이라○中唐

憶舊遊 番陽　顧況

悠悠南國思　楚客斷腸時
夜向江南泊　月明楓子落

顧況이憶番陽舊遊而作也라悠悠我南國之思ㅣ夜向江南호야移舟
泊渚則月明之中에楓子ㅣ自落호니此非楚客斷腸之時乎아此는追
憶舊遊而述其時之詞也라

答丘丹 韋蘇州

露滴梧葉鳴　中有學仙人
秋風桂花發　吹簫弄山月

此는丘丹이答韋蘇州之詩也라白露ㅣ滴于梧葉而葉自鳴ㅎ고秋風이吹于桂花而花自發ㅎ니此는梧葉之露와桂花之風이寫盡秋景也라其中에有學仙之人ㅎ야吹玉簫而弄山間之明月則韋蘇州之超世離俗之淸致를於此에可見矣라

別離作　戎昱

手把杏花枝　未曾經別離
黃昏掩門後　寂寞心自知

此는別離而作也라言送別之時에手把杏花之枝ㅎ고未曾經別離이라別後에日己黃昏故로掩其門則寂寞之情境을我心自知耳라一句는手把枝ㅎ고未忍別離者也오一句는送人遠去ㅎ고黃昏掩門ㅎ니寂寞凄凉ㅎ야我心自知而何以抑悵이며何以成眠乎아字字凄然ㅎ야令人不覺涕로다

登鸛雀樓　暢當

迥臨飛鳥上　高出世人間
天勢圍平野　河流入斷山

此는登樓眺遠之作也라樓上에俯瞰則迥臨飛鳥之上호고高出世人之間호니此는言樓之高也오遠望則天勢ㅣ圍低于平野之中호고河流는入于斷山之間호니此는言樓之遠也라○鸛雀樓之吟이最多而各盡其妙호니白日依山盡호고黃河入海流者ㅣ是也라

長安道　　儲光羲

鳴鞭過酒肆　祛服遊倡門
百萬一時盡　含情無片言

長安遊俠子ㅣ生長當貴호야縱酒好色타가及其揮霍已盡호야行過酒家에裝個人樣호고惟鳴鞭策馬호고使之速過而已라昔日에游倡妓之門홀식必盛服飾호며結束駢麗이러니今因身上不好看호야將外服호야一併祛却以自掩飾호니是敗子下場頭也라當時에百萬之資ㅣ因縱酒賭博호야一時罄盡호니今日에雖含忍此情호야强自遮掩호고不出片言이나然이나鳴鞭祛服之態ㅣ畢竟難堪者이니可歎也로다

江南曲

楓林已愁暮　楚水復堪悲
別後冷山月　清猿無斷時

楓林은似楊이니霜後葉丹可愛라愁暮는送別時也라別時에從楚水
而去故로堪悲오復字與己字應이라別後冷山月者는言別後之情ㅎ
니人旣去故로山月이亦爲淸冷이라而況猿聲이哀怨於月下ㅎ니離
索之情을何以堪抑乎아

宮槐陌　裴廸

門前宮槐陌　是向欹湖道　秋來風雨多　落葉無人掃

宮中에多植槐故로曰宮槐오古者에樹靑槐ㅎ야以表道ㅣ라東西曰
陌이니言此陌은是通欹湖之道也ㅣ라徑無人行ㅎ고落葉滿地ㅎ니今
特緩其詞曰非行欹湖者ㅣ無人이라特以風雨多而落葉이亦多ㅎ야
無人掃除耳라託言風雨ㅎ야以比荒凉也라

臨湖亭

當軒彌滉漾　孤月正徘徊　谷口猿聲發　風傳入戶來

滉漾은言湖水之彌漫也라亭旣臨湖故로水勢當軒이라水光이映月

ㅎ야臨湖玩之ㅎ니徘徊其間而不能去ㅎ니絕好淸景이로다月明之
下에淸猿이啼于谷中ㅎ야時從風前ㅎ야傳響入戶ㅎ니聞之에更爲
凄切矣라

錢起

江行無題

咫尺愁風雨
匡廬不可登
祇疑雲霧窟
猶有六朝僧

咫尺은言匡廬之近ㅎ니然이나雖近而愁風雨-能阻人登陟也라愁
字-直貫此句不可登者ㅎ니因風雨而然ㅎ야所以愁風雨也라四望
此山이因杳杳在雲霧之中ㅎ니疑其窟穴이幽奇ㅎ야人跡이罕到ㅎ
야當必有絕塵之人이不見兵火之厄者라六朝僧은如惠遠輩幽樓于
此ㅎ니今疑其猶有也라盖經世亂而起方外之慕也라

張仲素

春閨

裊裊城邊柳
青青陌上桑
提籠忘採葉
昨夜夢漁陽

裊裊는弱貌ㅣ라見柳絲ㅣ裊裊而傷春ㅎ야動懷遠之思也ㅣ라採桑女ㅣ由城邊而至陌上則見其桑葉이青青矣라手中提籠이本多採葉이어늘却爲裊柳青桑의眼前一派春意가觸動情懷ㅎ야却想到夜來之夢ㅎ야于是에遂忘却提籠이爲何事也ㅣ라漁陽은屬幽州ㅎ니夫所征伏之地也ㅣ라此句는乃結出忘採葉之故ㅎ야爲昨夜夢想出神耳라

劉禹錫

飲酒看牡丹

今日花前飲　但愁花有語
甘心醉數杯　不爲老人開

今日二字內에寓感이無限ㅎ니蓋夢得曾詠桃花詩而致再貶ㅎ야還謫數年에今日已老ㅎ니爲人世所棄ㅎ야無聊之際에飲此名花之前ㅎ니此花ㅣ固所稱花王者ㅣ니對之醉飲이良不易得ㅎ야我便甘心於一醉오斷不怕牧丹笑人也ㅣ라但愁花如會說話면必嫌我老人而不爲汝開則是我ㅣ對他飲酒에豈不自媿리오然이나我豈知花리오恐未必如解語桃花ㅣ能笑人也ㅣ니我何妨一醉리오

秋風引

何處秋風至　朝來入庭樹
蕭蕭送鴈羣　孤客最先聞

秋風이自遠而來故로乍聽之而疑其何處ㅣ라聽之南去而風蕭々送之則知其爲北風矣ㅣ니此即風所從來處也ㅣ라秋涼氣發에庭樹銷落이라朝來에群動이未起ᄒ야猶易驚人聽聞이라孤客之心이易傷搖落故로最先聞之而有感也ㅣ라

閨怨詞

珠箔籠寒月　夜來巾上淚
紗窓背曉燈　一半是春氷

從夜間將睡時ᄒ야思之라가見寒窓月光이射入簾內ᄒ니己覺凄凉이라又從曉來己醒時ᄒ야思之라가見窓前에背着殘燈ᄒ야半明不滅ᄒ니都是愁人情況이라從將睡ᄒ야以至初曉ㅣ니竟是一夜愁煩故로直接夜來巾上ᄒ니總皆是新舊淚痕也라一半是舊啼痕이니其淚ㅣ己冷ᄒ야那一半新下之淚則溫溫ᄒ야尚未成氷也니此眞怨辭也라○見月而愁ᄒ야潛然淚下ᄒ고見燈而悲ᄒ야忽然淚下ᄒ니此是怨之之深也라

又

關山征戍遠　苦戰應憔悴
閨閣別離難　寒衣不要寬

今良人이遠去關山ㅎ야無非爲著征伐이라苦婦女ㅣ獨居閨閤ㅎ니夫豈容易別離리오閨中情事二語已足이라於是에想到良人之苦戰沙場ㅎ야定然形容憔悴ㅎ리니較之閨閤凄凉ㅎ면自應加倍라良人이憔悴ㅎ야形體消瘦ㅎ리니若照舊時模樣ㅎ면寄去寒衣定是寬了ㅎ야寬了便穿不得ㅎ리니於是에自忖度ㅎ야將口問心ㅎ야祇令人으로裁着寒衣를不要照舊衣ㅎ야以致寬了라ㅎ니其中에有無限情膓이라

張籍

寄西峯僧

松暗水涓涓　西峯月猶在
夜凉人未眠　遙憶草堂前

松間之月이已經明過ㅎ야今月將落則松暗矣라但聞水聲이涓涓流于暗處ㅎ니此時에正當夜凉ㅎ야人欲睡而未睡ㅎ고西峰高處에月光이猶在ㅎ니盖月之從下而照上者라見西峰月ㅎ고便想西峰下有草堂而草堂中有僧ㅎ니却不知草堂前에更有明月ㅎ야我雖遙憶이나而不知此時에此僧이能領略此草堂前境界否也라

故行宮　元稹

寥落故行宮
宮花寂寞紅
白頭宮女在
閑坐說玄宗

故行宮上에加寥落二字ㅣ分外凄涼이라宮無人焉則花光이寂寞ᄒ
야自落殘紅矣라此行宮中에誰人이對此宮花乎아只有白頭宮女
耳라連用三宮字ᄒ니悽然欲絕이라玄宗舊事를眞不堪說이오白頭
宮人이可憐이라一世眼見이心痛不覺ᄒ야於對花間坐時에說之ᄒ
니解此寥寂而故宮中을不堪回首矣라○言宮殿이頹傾ᄒ야滿目荒
涼而寂寞之花ᄂ空自開落ᄒ니不堪凄愴ᄒ고惟有白髮宮女ㅣ尚餘
在ᄒ야閑說玄宗事ᄒ니並是懷古를宛若目見耳라

伊州歌　蓋嘉運

打起黃鶯兒
莫教枝上啼
啼時驚妾夢
不得到遼西

閨人이以良人遠戍로欲見不能ᄒ야除非在夢中尋覓이오又恐夢之
不從故로于將睡之際에想起驚夢之黃鶯而預爲囑咐侍兒ᄒ야使打

起鶯兒ᄒᆞ야庶幾成我好夢也라此乃言打起莫敎
啼ㅣ必然要驚妾夢이니夢之驚斷이면遂西에便到不得ᄒᆞ야連夢見
良人也니不能矣라寫閨情至此ᄒᆞ니眞使柔腸欲斷이라

從軍行　令狐楚

朔風千里驚　縱有還家夢
漢月五更明　猶有出塞聲

守戍者ㅣ聽西北風聲이千里蕭然ᄒᆞ고時作一驚ᄒᆞ니此時에已
愁腸矣라月從東來而照塞外故로曰漢月이라五更月落ᄒᆞ고刁斗不
驚ᄒᆞ야凄淸欲絕之際에此時低頭思故鄉矣라還家不能而想作
縱使有之나不知夢得到家否아只恐夢亦難成也라五更將曉에
主將이傳令出塞ᄒᆞ니此時에聞聲恐懼ᄒᆞ야身不得寧이어든
得爲還家之夢乎아極道從軍之苦ㅣ如是라

三月晦日送客　崔魯

野酌亂無巡　送君兼送春
明年春色至　莫作未歸人

野地酌酒호야自無巡數故로曰亂이라以晦日取巧而送君爲主ㅣ라因送春而轉到明年春色之至라因送君而預屬其明春之歸라

秋日湖上　薛瑩

落日五湖遊
烟波處處愁
浮沈千古事
誰與問東流

落日時에當生暮愁矣라晚烟籠水호야浩渺無涯호야處處生愁호니終古如是라浮沈之事는變幻不測호고浮沈之水는東流如故호니誰能問而知之耶아

歸家　杜牧之

稚子牽衣問
歸家何太遲
共誰爭歲月
贏得鬢如絲

歸家時에有說不出來之苦故로托一稚子호야爲問이라稚子ㅣ鬢如絲로作反映호고且稚子ㅣ從未出門호야不知大人出門之苦者ㅣ니以下問辭ㅣ라何太遲者는此必稚子問者ㅣ니且稚子目中에已

看白髮ᄒᆞ고便詰其所以歸遲之故矣ㅣ라稚子ㅣ見歸家에無別物ᄒᆞ고只有鬢邊에多了白絲ᄒᆞ니是從歲月爭得來者ㅣ라據出門人看來ᄒᆞ면反輸與少歲月者ㅣ多矣라

答人　太上隱者

偶來松樹下　高枕石頭眠
山中無曆日　寒盡不知年

隱者ㅣ居終南ᄒᆞ야自稱太上隱者ㅣ니不知姓氏壽年이라人이見而問焉이라問故로答以詩ᄒᆞ니言我ㅣ偶來至此ᄒᆞ야枕石而眠ᄒᆞ고覺而仍歸山ᄒᆞ니山中에無有歲曆ᄒᆞ야不知年月時節ᄒᆞ고但見暑往寒來ᄒᆞ야不憶其爲何年何月也ㅣ라ᄒᆞ니其高致如此로다

效崔國輔體三首　韓偓

澹月照中庭　獨立俯閒階
海棠花自落　風動鞦韆索

月色이澹然은無人之故也오照中庭은寂寥庭院而已라花無人賞ᄒᆞ

야 由他自落而已라 月明花落之際에 獨自悄然立於庭前호야 低頭而
看閑階之上호니 鞦韆架影兩條ㅣ 在月中호야 因風搖動이라 因看鞦
韆架影故로 三句에 用俯字라

其二

雨後碧苔院　閑階上斜日
霜來紅葉樓　鸚鵡伴人愁

院無人行故로 苔能成其碧而雨後則其碧色이 尤著호니 此一悄然愁
處也라 以霜來故로 落紅호니 此는 一片秋光也라 因下有斜日二字故
로 樓頭에 於斜陽中에 見此紅葉호니 又是悄然愁境이라 此時에 天色
이 晚晴호고 日斜于閑階之上호야 碧者苔而紅者葉이니 滿眼俱是秋
光이라 院裏樓頭에 無人作伴호고 只有架上一箇鸚鵡호야 未必便解
人愁ㅣ나 即已無人矣라 即能言鸚鵡ㅣ 未必不可以伴人愁也니 無聊
甚矣라 ○雨滋苔而愈碧호고 霜染葉而自紅호니 斜日照之에 秋色이
可觀而寂寥樓院에 聞無作伴之人호고 架上에 鶯鵡ㅣ 未解人愁然이
나 無聊之中에 亦可以伴人愁也라

其三

羅幕生春寒　南湖夜來雨
繡窓愁未眠　應濕采蓮船

此亦寫獨處無聊之情ᄒᆞ니羅幕中에忽然生寒ᄒᆞ야只為愁寂時에未
睡先愁耳라因怕春寒故로坐在繡窓之時에却未便眠이如此者ᄂᆞᆫ為
愁之故ㅣ라愁膓이掛肚ᄒᆞ야情思ㅣ橫飛ᄒᆞ야乃無端而念及南湖夜
來之雨ᄒᆞ야彼采蓮船이必然被雨打濕ᄒᆞ야不得泛舟盪槳ᄒᆞ야以散
此春愁矣니奈何오此時에身在深閨ᄒᆞ야尚然清冷커든又何暇顧及
湖船이리오所謂情魔似海ᄒᆞ고心是虛舟耳라

劉禹錫

池畔

結構池西廊　此意人不知
疏理池東樹　欲為待月處

此詩雖以池로為主ㅣ나然이나立意ㅣ全在待月處三字ᄒᆞ니池上須
廊ᄒᆞ니構廊在西ᄂᆞᆫ利於迎月也라池東無樹면月出不佳ᄒᆞ고若太繁
密이면月光이為樹所掩矣라故로須於結構西廊之時에即去疏理池

東之樹ᄒ니芟其繁枝ᄒ야使得疏通而淸理也라廊在池西ᄒ고樹在
池東ᄒ야爲廊疎樹ᄒ니其意安在오若非旁人說詩면先將月光透露
ᄒ리니此意ᄂ直有何人知道오待月處者ᄂ盖結構西廊也ㅣ是爲月
이오疎理樹木也ㅣ是爲月則是池西廊也ㅣ是爲月處ㅣ
오疎理樹之必在東者ᄂ恐掩其西廊待月處ㅣ오又喜林泉掩映ᄒ니
總爲待月處ㅣ라四句詩ㅣ雙起單收ᄒ야作箇結穴好手法이로다

圖書出版
明文堂印
版權所有

增訂註解 五言唐音 全

重版 印刷●2003年　2月　　15日
重版 發行●2003年　2月　　20日

校　閲●明文堂編輯部
發行者●金　東　求
發行處●明　文　堂
서울특별시 종로구 안국동 17～8
대체　010041-31-001194
전화　(영) 733-3039, 734-4798
　　　(편) 733-4748
FAX 734-9209
Homepage www.myungmundang.net
E-mail mmdbook1@myungmundang.net
등록　1977. 11. 19. 제1～148호

●낙장 및 파본은 교환해 드립니다.
●불허복제●판권 본사 소유.

값 7,000원

ISBN 89-7270-721-X　93820